長編小説

とろめきクルーズ船

葉月奏太

竹書房文庫

目次

※この作品は竹書房文庫のために
書き下ろされたものです。

第一章　船上で筆おろし

1

「タカちゃん、お待たせ」

吉野結衣《よしのゆい》の元気な声が店内に響き渡る。

ここは東京北東部の商店街にある団子屋《だんごや》だ。結衣はセミロングの黒髪を揺らしながら、弾《はず》むような足取りで歩み寄ってきた。

レモンイエローのショートパンツに白いTシャツ、その上に胸当てのある藍色のエプロンをつけている。足もとは素足にサンダルを履いており、キュッと締まった足首と無駄毛のない白い臑《すね》が眩《まぶ》しかった。

「はい、みたらし団子ね」

結衣が団子の載った皿と緑茶の湯飲みをテーブルに置いてくれる。

串に刺さった四つの団子に、たっぷりかかった餡《あん》かけがうまそうだ。この団子屋の名物で、客の大半が食べていくという。

田山隆宏《たやまたかひろ》もこの店のみたらし団子が小さいころから大好きで、これまで数えきれないほど食べてきた。持ち帰りもできるが、店の雰囲気も気に入っているので、のんびりと店内で食べていくことのほうが断然多かった。

隆宏は二十歳《はたち》の大学二年生で、この商店街の近くにある一軒家に両親とともに住んでいる。今は夏休み中で暇を持てあましており、かといって家でゴロゴロしていると母親がうるさいので近所の商店街にやってきた。

なじみの店を冷やかして時間をつぶし、小腹が空いたので団子屋に立ち寄った。看板娘の結衣は幼なじみなので、長居できるのもありがたい。

この店は結衣の両親が経営している。隆宏と結衣は家が近所ということもあり、物心つく前からいっしょに遊んでいた。しかも、幼稚園、小学校、中学校と、ずっと同じ学校だったという腐れ縁だ。

高校は隆宏が進学校を選んだため別々になったが、団子屋には相変わらず通っていたので交流はつづいていた。そして、高校卒業後、隆宏は大学に進み、結衣は本格的に家業を手伝っている。

隆宏は昔から大して変わっていないが、いつの間にか結衣はかわいく成長していた。

乳房はすっかりふくらみ、エプロンの胸当てを内側から大きく押しあげている。気を抜くと視線が向いてしまうので、意識して見ないようにしていた。

「やっぱ、ここの団子は最高だよな」

串を持って団子をひとつ食べると、じっくり噛《か》んで味わった。

基本的に素朴な味わいだが、餡が濃いめなのがたまらない。この味に慣れてしまうと、よそで食べるみたらし団子が物足りないのだ。今はこの店でしか、みたらし団子を食べなかった。

「ほんと、好きだよね」

結衣が呆れたようにつぶやく。

「いつも食べてくれるのは、ありがたいんだけどさ、飽きないの？」

「まったく飽きないね。ここで働きたいくらいだよ」

そう言って、ふたつ目の団子を咥《くわ》えて串から引き抜く。適度な弾力と餡の甘みを楽しみながら呑みこんだ。

「本気で言ってるの？」

結衣が目をまるくして尋ねてくる。

頬がかすかに桜色に染まっているのは、九月に入ってぶり返した暑さのせいだろうか。エアコンを入れたほうがいいかもしれない。店の引き戸は開け放たれており、商店街を吹き抜ける緩い風が吹きこんでいた。

「でも、従業員だからって、ただで団子を食えるわけじゃないか」

すぐに思い直して、三つ目と四つ目の団子を立てつづけに頬張った。

「もう……」

なぜか結衣が頬をふくらませる。

どうやら、なにかが気に障《さわ》ったらしい。愛らしい顔には怒りが滲《にじ》んでいる。まったくわからないが、これ以上、怒らせると面倒だ。ここは早々に話題を変えたほうがいいだろう。

「そういえば、福引きやってるんだってな」

思いついたことを口にする。先ほど商店街をぶらついているとき、福引きの抽選会をやっていたのを見かけた。どうやら、開催期間中に商店街で買い物をすると、抽選券をもらえるらしい。

「結衣もやったんだろ？」

「あれはお客さん用で、商店街の人はできない決まりなの」

「へえ、そうなんだ」

さらに怒らせてしまったかもしれない。もう、よけいなことは言わないほうがいいだろう。隆宏が口を開くたびに機嫌を損ねそうだ。

手持ち無沙汰になり、黙ってお茶を口に運ぶ。すると、結衣がむくれたまま、エプロンのポケットからなにかを取り出した。

「これ……」

差し出された物を受け取ると、それは福引きの抽選券だった。

「もらっていいの？」

「うん……」

「いいのかよ、サンキュー」

一回だけだが、福引きができるらしい。どうせ暇なので、あとで抽選会場に寄ってみようと思った。

「でも、知り合いだからって、ただで渡していいのか？」

福引き券をヒラヒラさせながら尋ねる。すると、結衣は呆れた顔をしてから、ぷっと小さく吹き出した。

「そんなわけないでしょ。タカちゃんがうちでお団子を食べた分が溜まってたの」

本当は三百円の買い物ごとに引換券が一枚もらえて、それを五枚集めると一回、抽選ができるという。

「どうして、引換券、くれなかったんだよ」

「毎回、引換券をあげても、どうせなくしちゃうでしょ」

「まあ、確かに……」

見抜かれているのが、なんとなく腹立たしい。しかし、結衣の言うとおりなので、反論できなかった。

「じゃあ、ちょっとやってくるかな」

「えっ、もう帰っちゃうの？」

急に結衣が淋しげな顔をする。

つい先ほどまで頰をふくらませていたのに、いったいどういうことだろうか。結衣と話していると、よくこういうことがある。なにを考えているのか、まったくわからなかった。

「福引きで一等賞を当ててくるぜ！」

困惑をごまかすように宣言すると、代金を払って店を出た。

時刻は午後四時になるところだ。商店街は主婦や学校帰りの学生たちで混み合っている。きっと抽選会場も人が多いだろう。だが、せっかく結衣に抽選券をもらったので、寄っていくつもりだ。

やがて、商店街の一角にある福引きの抽選会場に到着した。

仰々しい紅白の垂れ幕がかかっており、頭上に「大福引き大会」と書かれた看板が吊ってある。

法被《はっぴ》を着た係のおじさんとおばさんが、笑顔で客とやり取りをしていた。客は十人ほど並んでいるが、朱色のガラガラとまわす抽選器はふたつある。すぐに順番がまわってくるだろう。隆宏は列の最後尾にならんだ。

（どれどれ、なにが当たるんだ？）

おじさんの背後に景品が書かれたボードが張り出されていた。

下から順にチェックしていく。六等はポケットティッシュ。五等はボックスティッシュ。四等は商店街の商品券三百円分。隆宏に縁があるのは、せいぜいこのあたりまでだろう。

一応、その先も見ておく。三等は商店街の商品券三千円分。二等は同じく商品券が一万円分、一等は大型液晶テレビとなっている。

（二等は一万円分か。これが当たれば、しばらく団子がただで食えるぞ）

一等のテレビより、二等の商品券のほうが魅力的だ。使い道はみたらし団子に決まっていた。

しかし、この手の物で当たったためしがない。たいてい残念賞のティッシュで、よくても飴玉《あめだま》くらいだ。正直、まったく期待していない。ぼんやりボードを眺めていると、一等のさらに上があることに気がついた。

でかでかと、特等「豪華クルーズ船のペア旅行チケット」と書いてあった。あまりにも大きな字で、逆に目に入っていなかった。

(豪華クルーズ船って……)

あまりにも現実味がない。

庶民の隆宏にとっては、普通の旅行でもぜいたくだ。それなのに、クルーズ船の旅などピンと来ない。景品が豪華すぎて、逆に白けた気分になってしまう。

(当たるわけないよな……)

そんなことを思っていると、やがて順番がまわってきた。差し出した抽選券を係のおじさんが受け取り、にっこり笑いかけてくる。

「一回ですね。そこの取っ手をつかんで、ゆっくりまわしてください」

抽選器を指差すが、この時点で隆宏はやるだけ無駄だと思っていた。

(どうせ、ポケットティッシュだな)

心のなかでつぶやきながら、抽選器の取っ手を握ってゆっくりまわす。ガラガラッという音が響いて、玉がひとつだけ転がり出た。

「んんっ?」

おじさんが前かがみになってのぞきこむ。玉が金色であることを確認して顔をあげると、目を大きく見開いた。

「あ、当たり……特等の大当たり!」

大きな声で告げるなり、ハンドベルを派手に鳴らす。すると、列にならんでいた人たちが歓声をあげる。たまたま近くを通りかかった人たちも足をとめて、何ごとかと見つめてきた。

「おめでとうございます！」

もうひとりの係のおばさんも大声で盛りあげる。ますます注目が集まり、恥ずかしくなってしまう。

「は、ははっ……ど、どうも」

隆宏は照れ笑いを浮かべて、周囲にペコペコと頭をさげた。

予想外のことが起きて困惑してしまう。くじ引きや福引きの類《たぐい》は当たらないものとあきらめていたが、無欲だったことで運を引き寄せたのかもしれない。しかも、特等が当たるとは驚きだ。

「のちほど旅行会社から詳しい説明があります。とりあえず、こちらにお名前とご連絡先のご記入をお願いします」

言われるまま書類に書きこんでいく。予期せぬ大当たりを引いてしまい、とまどっていた。

2

「まいったなぁ……」

隆宏は自室のベッドで寝転がり、思わず独りごとをつぶやいた。今日、福引きで特等を当てたが、喜び爆発というわけにはいかなかった。

手にしているのは「豪華クルーズ船の旅」のパンフレットだ。

日程は十月末から十一月頭にかけての連休となっている。横浜港を出港して、北海道の小樽《おたる》港まで、四泊五日の船旅だ。到着後、小樽市内のホテルに一泊して、翌日の飛行機で東京に帰る行程だという。

しかし、いっしょに行く相手がいなくて困っていた。

恋人がいれば話は早いのだが、残念ながら女性とつき合ったことはない。旅行に誘うほど仲のいい女友達もいるはずがなく、仕方なく大学の友人に電話をかけた。しかし、連休は彼女と遊ぶ予定が入っていたり、男ふたりで旅行なんてしたくないと断られたりで、一緒に行く相手が見つからなかった。

(やっぱり二等がよかったな……)

またしても、ため息が漏《も》れてしまう。

商品券が当たっていたら、毎日、みたらし団子を食べに行っていただろう。隆宏にとっては、そのほうがよっぽどうれしい景品だった。

(結衣に報告しないとな)

みたらし団子のことを考えていたら、ふと思い出した。

結衣が引換券を取っておいてくれたおかげで、福引きに挑戦できたのだ。その結果、特等が当たった。

明日、結衣に報告しに行こう。そして、ついでにみたらし団子を食べよう。そう決めたら急に眠気が押し寄せてきた。

翌日の午後二時前、隆宏は予定どおり商店街にある団子屋を訪れた。

昼時をすぎているせいか、店内は空いている。若いカップルがひと組、仲よさげに団子を食べているだけだった。

「また来たんだ。ほんと、暇だよね」

結衣は憎まれ口をたたくが、どこかうれしそうな顔をしている。

この日もTシャツにショートパンツ、その上に藍色のエプロンという格好だ。にこにこ笑いかけてくるから、隆宏もつられて笑顔になった。

「今日は大切な報告があって来たんだ」

「大切な報告？」

「あっ、でも、その前にみたらし団子、よろしく」

「結局、食べるんじゃない」

結衣は奥の厨房に向かう。

そのとき、彼女の後ろ姿が目に入った。エプロンをつけているので前からはわからないが、後ろから見ると太腿《ふともも》がつけ根まで剝《む》き出しになっている。むっちりした肉づきは、なかなか見応えがあった。

しばらくして、結衣がお盆を手にして戻ってきた。

みたらし団子の載った皿とお茶をテーブルに出してくれる。そして、彼女はお盆を胸に抱いて隣に立った。

「それで、報告って？」

「じつはさ、昨日の福引き、当たったんだよ」

団子を食べながら話しはじめる。

「どうせ、ティッシュでしょ」

「特等だよ。クルーズ船の旅だぞ」

「そんなの当たるわけないじゃん」

結衣はまるで信じていない。鼻で笑い飛ばして、騙されないぞという顔をする。

「本当だって。ほら、これだよ」

隆宏は胸を張って告げると、持参した船旅のパンフレットを手渡した。

「どうして、タカちゃんがこれを持ってるの？」

結衣はパラパラめくり、驚いた顔をする。どうやら、福引きの特等がクルーズ船の旅というのは知っていたらしい。

「だから、当たったんだよ」

「ウソ……すごいじゃん」

ようやく信じたようだ。結衣は目をまるくすると、まるで自分のことのように喜んでくれる。だから、隆宏も少しテンションがあがった。

「だろ、すごいだろ」

なにか大きなことをやり遂《と》げた気分だ。

「それで、誰といっしょに行くの？」

結衣の言葉ではっと我に返る。肝心なことを忘れていた。

「うん……それが、みんな忙しいみたいなんだよ」

団子をもうひとつ口に入れる。もぐもぐ咀嚼《そしゃく》しながら、いっしょに行く恋人も男友達もいないことを告げた。

「両親に譲ろうかと思ったんだけど、連休も仕事があるみたいでさ。それならネットオークションにでも出そうかと悩んでるとこなんだ」

「でも、クルーズ船の旅なんて、めったに行けないよ」

結衣がすかさず口を挟んでくる。

確かにそうだが、いっしょに行く相手がいないのだから仕方ない。さすがにひとり旅は淋しすぎる。

「やっぱり、相手がいないと――」

「わたしがいるじゃない」

結衣が言葉を重ねてきた。

一瞬、意味がわからず、おかしな間が空いてしまう。隣を見ると、結衣がなにやらもじもじしながら見つめていた。

「おまえと？」

「だって、せっかく当たったんだから、行かないともったいないよ。クルーズ船なんて、なかなか乗る機会がないでしょ。相手がいないなら、わたしがいっしょに行ってあげる」

なぜか早口になっている。結衣は一気にまくし立てると、隆宏の肩をバシッとたたいた。

「よかったね。これで船旅に行けるよ」

「でも、おまえ、仕事があるだろ？」

旅の日程は連休になっているが、店が忙しい時期ではないのか。

「観光地じゃあるまいし、この商店街がそんなに混むわけないでしょ。わたしがいなくても、まったく問題ないよ」

そう言われると、確かにそうかもしれない。近所の普通の商店街なので、連休だからといって特別、混雑するわけではないだろう。

「じゃあ、そういうことで決まりね」

結衣は勝手に決定すると、弾むような足取りで奥に戻っていく。

なんとなく勢いで押しきられた感じもするが、結衣とクルーズ船の旅に行くことになった。

（あいつ、そんなにうれしいのか？）

隆宏は不思議に思いながらも、とりあえず相手が見つかってほっとした。

せっかく船旅が当たったので行ってみたい気もあった。結衣なら気心が知れているので、とくに問題はないだろう。あまり深く考えることなく、幼なじみとの旅行を受け入れていた。

3

十月最後の土曜日、隆宏と結衣は横浜港にやってきた。

すでに客船ターミナルでチェックインをすませて、手荷物も預けてある。ふたりはそれぞれ四泊五日分の荷物が入ったキャリーバッグを持参していた。手荷物は船のスタッフによって、部屋まで運ばれるという。

そして今、隆宏と結衣はクルーズ船に乗船する乗客の列にならんでいた。

一応、ふたりとも服装に気を使っている。隆宏はチノパンに白いシャツ、それに焦《こ》げ茶の革靴という格好だ。結衣は純白のワンピースに身を包み、パンプスを履いている。いつもと違う服装が新鮮だった。

「これか……」

「これだね」

隆宏と結衣はつぶやき、目の前に停泊しているクルーズ船「ダイヤモンド・ビーナス」を見あげた。

ショッピングモールかと思うほど巨大な船だ。パンフレットをさんざん読みこんできたので頭ではわかっていたが、実際に見ると想像をはるかに超える大きさに圧倒されてしまう。

全長二百四十五メートル、全幅三十メートル、総トン数は五万トン。日本船籍では最大級の客船らしい。旅客定員は九百名、乗組員は四百名だというから驚きだ。これほど大きな物が海に浮かんでいると思うと不思議だった。

「でっかいな……」

あまりの迫力に気圧《けお》されてしまう。隆宏は巨大な船を見あげては、同じ言葉をくり返した。

「すごいね。こんなに大きいんだ。なんかワクワクしてきちゃった」

結衣はテンションがあがっている。うれしそうに瞳を輝かせて、さっそくスマホで写真を撮りまくっていた。

船をバックにふたりで自撮り写真を撮ろうとする。ところが、船が大きすぎて全体を入れるのは不可能だ。それならばと、なんとか船らしく写るアングルを探すが、どうやっても巨大な建物にしか見えなかった。

ほかの客たちは静かにならんでいる。写真を撮っている人たちもいるが、はしゃいでいるのは隆宏と結衣だけだ。

「なんか、俺たち場違いみたいだな」

「しょうがないよ。福引きの景品で乗るのなんて、わたしたちくらいでしょ」

結衣の言葉に納得する。

二十歳の若い男女が乗るような船ではない。ほかの客たちを見まわすと、みんな上品そうな顔をしている。全員が富裕層というわけではないと思うが、少なくともクルーズ船が好きなのは確かだ。

はしゃぎたい気持ちを抑えると、静かに順番を待ちつづける。それでも、普段は海を見ることもないので、潮《しお》の香りを嗅ぐだけで気分が昂《たかぶ》った。

やがて、乗船の順番がまわってくる。

豪華なクルーズ船だけあって、スタッフたちの対応は温かくて丁寧だ。柔らかい笑みで船内に迎え入れられた。

船内はいくつかの階層になっており、客が行き来できるのは五階から十二階までとなっている。

最初に通されたのは五階にあるロビーだ。六階まで吹き抜けになっており、天井はステンドグラス風になっている。どこもかしこもキラキラと輝き、これが船のなかとは信じられないくらいだ。

まずはエレベーターに乗り、自分たちの客室がある七階に向かう。臙脂《えんじ》色の絨毯《じゅうたん》が敷かれた長い廊下を歩き、カードキーでドアを開ける。すると、自分たちのキャリーケースがきちんと置いてあった。

「すごいね。普通のホテルみたい」

結衣がさっそくあちこちチェックをはじめる。

部屋に入ってすぐクローゼットがあり、その向かいのドアを開けるとユニットバスになっていた。

ソファとテーブルにベッドがふたつ、壁には大型の液晶テレビがある。部屋の隅には小型の冷蔵庫もあって、なかの飲み物は自由に飲んでいいという。奥の窓から海が見えるのもうれしい。スタンダードというグレードの低い部屋だが、それでも豪華に感じた。

「わあっ、こんなところに泊まれるんだ」

「おう、いい部屋だな」

なかなか快適にすごせそうだ。

試しにベッドに座ってみる。スプリングの具合も硬すぎず柔らかすぎず、ちょうどいい感じだ。

「これなら、ぐっすり眠れるぞ」

どんどんテンションがあがっていく。

結衣も向かいのベッドに腰かけて、尻を上下に弾ませる。すると、ワンピースの胸のふくらみが大きく波打った。

（おっ……）

思わず視線が吸い寄せられる。

すぐに顔をそむけてごまかしたので、気づかれていないだろう。結衣はまだ楽しそうに身体を揺らしていた。

「ふたりきりの旅行なんて、はじめてだね」

「そうだっけ？」

わかっているのに、とっさに惚《とぼ》ける。

今回の旅行が決まってから、まったく考えないわけではなかった。だが、結衣は気心の知れた幼なじみだ。これまで恋愛感情を抱いたことはない。おそらく彼女も同じだろう。だから、あえて深くは考えないようにしていた。

そのとき、汽笛の音が鳴り響いた。時計を確認すると、ちょうど出港時間の午後五時だった。

「出港するみたいだぞ」

隆宏が窓に駆け寄ると、すぐに結衣もついてくる。ふたりでならんで窓から外を眺めた。

「あっ、動いた」

結衣が小さな声をあげる。

　しかし、揺れはまったくと言っていいほど感じない。窓の外を見ていなければ、動いているかわからないだろう。大きな船は揺れが少ないと聞いたことがあるが、まさにそのとおりだった。

「全然、揺れてないぞ」

　昔、小学校の修学旅行で乗った遊覧船とは大違いだ。あのとき、隆宏は大丈夫だったが、結衣は船酔いして顔から血の気が引いていた。念のため、酔いどめの薬を持参したが、これなら使うことはないかもしれない。

「船酔い、大丈夫かも」

　結衣が安堵《あんど》したようにつぶやいた。

　荷物の整理をしたり、部屋の備品をチェックしたりしているうちに、ディナータイムの午後六時が迫ってきた。

　夕食は五階にあるダイニングルームで摂《と》ることになっている。夕食だけは指定席になっており、部屋番号でテーブルが決まっているという。ちなみに旅行代金に食事代もすべて含まれているので、お金はかからないらしい。

「飯、食いに行こうか」

「うん、なんか緊張するね」

　結衣はそう言って微笑むが、あまり緊張している素振りはない。この船旅を心から楽しんでいるのが伝わってくる。だから、隆宏も自然と笑顔になった。

部屋をあとにすると、長い廊下を歩いてエレベーターに乗る。五階に降りるとダイニングルームはすぐ近くだ。

入口から見やると、すでに大勢の客が席についていた。こちらから尋ねるまでもなく、すぐにスタッフのほうから声をかけてくれる。部屋番号を告げると、速やかにテーブルへと案内してくれた。

椅子を引いてもらって腰かける。メニューは決まっているので、注文する必要はない。今夜はフレンチのコースだという。スタッフが立ち去ると、向かいの席に座った結衣が、にこにこ笑いかけてきた。

「すごいね。お姫さまになった気分」

これほど楽しそうな顔を見るのは久しぶりだ。

最近は団子屋で働いているところしか見ていない。年中、会っているが、いっしょに遊びに行くことはなかった。無邪気な子供のころに戻ったようで、隆宏もなにやらウキウキしてきた。

「来てよかったな」

「タカちゃんが福引きを当ててくれたおかげだよ。ありがとう」

急に礼を言われて照れくさくなる。見つめてくる顔が愛らしく感じて、隆宏は慌てて視線をそらした。

「べ、別に、おまえのために当てたんじゃねえよ」

つい憎まれ口をたたいてしまう。すると、結衣は拗《す》ねたように唇をとがらせた。

「どうして、そんなこと言うの」

さらに頰をふくらませるが、本気で怒っているわけではない。周囲のテーブルを見まわすと、すぐに口もとをほころばせた。

「ねえねえ、わたしたちって、どんなふうに見えてるのかな」

「俺たちが若いからって、まさか福引きで当たったとは思わないだろ」

即答すると、結衣は首を左右に振りたくる。

「そういうことじゃなくてさ、カップルに見えるんじゃない？」

「は？」

思いがけない言葉だった。

隆宏はそっと周囲に視線をめぐらせる。年齢層はまちまちだが、男ひとり女ひとりの組み合わせが目についた。家族連れや女性ばかりのグループもいないわけではないが、夫婦かカップルと思われるふたり組が多かった。

（そうか……そうだよな）

妙に納得してしまう。

クルーズ船で旅をするのだから、ロマンティックな気分を求めている層が多いのは間違いない。考えてみれば、友達同士よりも男女の組み合わせが多いのは当たり前な気がした。

「ねっ、カップルばっかりでしょ」

「でも、俺たちはカップルには見えないだろ。そもそも、カップルじゃないし」

思ったことをそのまま口に出すと、結衣はまたしても唇をとがらせる。

「どうして、そう思うの？」

「つき合ってるなら、それなりの雰囲気があるんじゃないか。俺はつき合ったことないから、よくわからないけど……」

「なによ。偉そうに……わたしもつき合ったことないから、そういうのよくわからないけど」

それきり、ふたりとも黙りこんでしまう。

（そうか、結衣もつき合ったことないのか……）

隆宏には関係ないことだが、なぜか内心ほっとしていた。

高校は別々だったので、その間のことはよく知らない。ただ男の話など聞いたことはなかった。

（まあ、こいつに彼氏なんてできるはずないよな）

お転婆《てんば》だった結衣が、恋人の隣で微笑んでいる姿など想像できない。思わずぷっと噴き出すと、向かいの席から結衣がにらんできた。

「なに笑ってるのよ」

つっかかってくるが、なぜか口もとには笑みが浮かんでいる。もしかしたら、隆宏と同じことを考えていたのかもしれない。

「おまえこそ、なに笑ってんだよ」

「笑ってないよ」

「俺だって笑ってないぞ」

そんな不毛なやりとりも、なぜか結衣が相手だと楽しい。ふたりとも、ますます笑顔になっていた。

会話が盛りあがってきたとき、ウエイトレスが料理を運んできた。

「お待たせしました」

テーブルに皿がそっと置かれる。

先付けのサザエのブルギニョンだという。はじめて聞く料理だ。パセリとニンニクを刻んでまぜたバターを、サザエに載せて焼いたものらしい。シャンパンも出てきてテンションがあがった。

「おいしいね。こんなのはじめて食べたよ」

結衣がひと口食べて目をまるくする。

たしかに美味だ。サザエとにんにくの香りがマッチしている。シャンパンによく合い、ますます気分が盛りあがっていく。

次々と料理が運ばれてくる。

前菜はパテ・ド・カンパーニュ。スープは選べるようになっており、隆宏は南瓜《かぼちゃ》のスープ、結衣は冷製ピーチのスープを頼んだ。さらに、オマール海老《えび》のリソレにつづき、メインディッシュの黒毛和牛サーロインステーキが運ばれてきた。

「わあっ、おいしそう」

結衣は慣れないナイフとフォークを使って、ぶ厚いステーキを口に運ぶ。とたんに表情がほころび、満面の笑みを浮かべた。

それきり結衣は黙りこんでしまう。だが、もはや語る必要はない。その表情を見ただけで、どれほどうまいのか伝わってくる。さっそく隆宏もステーキを口に運び、期待しながら噛みしめた。

「うん、うまいっ」

思わず唸るほどの味が口いっぱいにひろがった。

甘い肉汁とオニオンソースがじつにマッチしている。気づくと無言になり、じっくり味わっていた。結衣が黙りこんだ理由がわかった気がする。これまで食べてきたなかで、間違いなくいちばんうまいステーキだった。

デザートのチーズケーキも甘さがちょうどいい感じだ。気心の知れた幼なじみといっしょだから、なおさらおいしく感じたのかもしれない。楽しい時間はあっという間にすぎてしまった。

「ああっ、おいしかった。お腹いっぱいだよ」

結衣が満足げな表情を浮かべている。

「じゃあ、とりあえず部屋に戻ろうか」

船内の散策は、一服してからでもいいだろう。ふたりは席を立ち、七階にある自分たちの部屋に向かった。

エレベーターを降りて、長い廊下を歩いていく。ここが船のなかとは思えない。揺れを感じることもないので、高級ホテルにしか見えなかった。

「ふうっ、食ったなぁ」

部屋に戻ると、隆宏はベッドに身を投げ出した。

「フランス料理のコースなんてはじめて食べたよ」

結衣も自分のベッドに腰かけて、にこにこ笑っていた。

「俺も……はじめて食ったよ」

満腹になったせいか眠気が襲ってくる。はじめてのクルーズ船で緊張していたのもあるだろう。手足が重くなり、体を起こすことができなくなる。急に疲れが出て、意識が重く沈みこんでいった。

どれくらい経ったのだろうか。鉛《なまり》のように重かった意識が、ほんの少し浮上した気がした。

「タカちゃん……」

遠くで呼ぶ声が聞こえる。

「起きて、タカちゃん」

結衣の声だ。

どうやら、居眠りしていたらしい。はっと目を開けると、見知らぬ場所だった。

「あれ？」

部屋のなかを見まわして、クルーズ船に乗ったことを思い出した。

時計を見ると、午後七時半になっていた。夕食を摂って部屋に戻ったのが七時前だったので、三十分ほど寝ていたようだ。その間、きっと結衣はひとりで暇を持てあましていたに違いない。

「つい寝ちゃって――」

上半身を起こして謝ろうとしたとき、隆宏は言葉を失った。

ベッドの横に結衣が立っており、はにかんだ笑みを浮かべてもじもじしている。それもそのはず、女体にまとっているのはピンクのキャミソールだ。

素材はシルクだろうか。ツヤ感があり、艶《なま》めかしく光を反射している。肩紐が細くて胸もとが大きく開いているため、白い肩はもちろん、細い鎖骨《さこつ》や乳房の谷間が大胆に露出していた。

しかも、裾が短いため、太腿が付け根近くまで剝き出しになっている。私服でスカートを穿いているところも、小さいころにしか見た覚えがない。それなのに、キャミソール姿を目にして驚きを隠せなかった。

「どうかな？」

結衣はキャミソールの裾を両手の指先でつまみ、ほんの少しだけ持ちあげる。そして、首を軽くかしげると、恥ずかしそうにしながらも、返事をうながすように見つめてくる。

（か、かわいい……）

思わず心のなかでつぶやいた。

胸の鼓動が急激に速くなっている。露出が多い格好をした幼なじみに見惚《みと》れて、目を離せなくなっていた。

「ねえ、なんか言ってよ」

結衣が再び語りかけてくる。

「わ、悪くないな……」

隆宏はとまどいながらもつぶやいた。

本当はかわいいと思っている。さらっと言えばいいのだが、女性を褒めることに慣れていない。ましてや相手が幼なじみの結衣だと思うと、よけいに照れくさくなってしまう。長いつき合いだからこそ、普段とのギャップが衝撃的だった。

「悪くないんだ……ふふっ」

結衣は頬をほんのり桜色に染めると、恥ずかしげに笑う。

照れ屋の隆宏が、悪くないと言ったことがうれしいらしい。浮かれた様子でクルリと一回転すると、キャミソールの裾がふわっと舞いあがる。健康的な太腿が付け根まで剝き出しになり、隆宏は思わず凝視した。

「お、おい……」

パンティが見えるぞ、と言おうとしたときだった。結衣が足もとをふらつかせて、自分のベッドに尻餅をついた。

「あっ……」

「危ないっ」

とっさに立ちあがり、彼女の肩を両手で支える。思いがけず、剝き出しの肩に触れることになり、さらに胸の鼓動が速くなった。

「ちょっと、目がまわっちゃった」

結衣の声は弱々しい。笑みを浮かべているが具合は悪そうだ。心配かけまいとして無理しているのがわかるから、よけいに痛々しく感じた。

「大丈夫かよ」

「じつは……少し船酔いしているみたいなの」

そうつぶやく結衣の顔は、血の気が引いて白くなっている。

以前にも結衣は船酔いしたことがある。隆宏はまったく感じなかったが、わずかな揺れに反応したらしい。それなのに回転したことで、本格的に具合が悪くなったのだろう。

「薬、持ってきたから、ちょっと待ってろ」

隆宏は急いでクローゼットに向かうと、しまってあったキャリーバッグから酔いどめの薬を取り出した。そして、冷蔵庫に入っているドリンクからミネラルウォーターを選んでベッドに戻る。

「これを飲んで、横になれよ。薬が効いてくれれば、楽になるから」

「うん、ありがとう」

結衣は素直に薬を飲むと、すぐに横たわった。

ずらしい。


「ごめんね……」

「なんで謝るんだよ」

「だって、せっかくの旅行なのに、船酔いしちゃって……」

普段は元気いっぱいの結衣がしょぼくれている。こんな弱気な表情を見せるのはめずらしい。

「気にするなよ。まだ旅は長いんだぞ」

かわいそうになり、隆宏はあえて笑顔で語りかけた。

「うん……」

「いいから寝ろ」

できるだけ穏やかな声でうながすと、結衣は睫毛《まつげ》をそっと伏せる。

少し眠れば気分もよくなるだろう。室内はエアコンが効いているので快適だが、身体を冷やしてはいけないので布団をかけてやる。結衣は目を閉じたまま、ありがとうとつぶやいた。

隆宏は自分のベッドで横になる。

テレビをつけると音がうるさいと思い、暇つぶしにスマホを手に取った。船内でもＷｉ－Ｆｉが使えるのはありがたい。しかし、結衣のことが気になり、ついつい横目で見てしまう。

布団から肩がのぞいている。白い肌にキャミソールの細い肩紐が這っているのが色っぽい。結衣が女であることを意識して、またしても胸の鼓動が速くなる。なんとか抑えようとするが、ますます胸はドキドキしてしまう。

（結衣とふたりきりってのは……）

今さらながら、まずかった気がしてくる。

なにしろ、若い男と女がひとつの部屋で四泊五日をすごすのだ。いくら相手が気心の知れている幼なじみでも、着替えをしたり、風呂に入ることもある。それを考えると気まずくなってしまう。

（それにしても……）

どうして、あんな大胆な格好をしていたのだろうか。

結衣のキャミソール姿を見た衝撃が、まだ胸に強く残っている。もしかしたら、普段から部屋着にしているのかもしれない。それなら、いつもの服装でリラックスしたかっただけということになる。

（そうか……ただ、それだけだよな）

ひとりで納得すると、結衣から視線をそらした。

とくに深い意味はないのだろう。自分が意識しすぎているだけで、結衣にとってはきっと普通のことだったに違いない。

そんなことをあれこれ考えているうちに、結衣が寝息を立てはじめた。薬が効いてきたのかもしれない。眠れるのなら、船酔いも少し楽になったのではないか。疲れもあるだろうから、しばらく起こさないほうがいいだろう。

(せっかくだから……)

ちょっと甲板に出てみようと思う。夜の海を眺めてみたかった。隆宏はそっと身を起こすと、結衣のかわいい寝顔を見てから部屋をあとにした。

4

七階の甲板に出てみる。ドアを開いたとたん、潮の香りがして、微かに波の音も聞こえた。

甲板は木製だ。確かパンフレットには、高級チーク材が敷きつめられていると書いてあった。

木製の甲板はメンテナンスなどに手間がかかるため、最近の客船では減っているという。それでも、あえて温かみのある木製デッキを採用しているところは、さすがは高級クルーズ船だ。

少しオレンジがかった照明の光も、柔らかい感じで心地よい。海風が思いのほか冷たいせいか、甲板に出ている人は少なかった。

隆宏は木製の手摺《てすり》につかまり、暗い海に視線を向けた。

(なんにも見えないな……)

すぐ近くをのぞきこめば、船体の横にかろうじて白い波が見えた。

船は太平洋を本州に沿って北上している。進行方向を考えると、本州の明かりが見えるかもしれない。目を凝らしてみるが、暗闇がひろがっているだけだった。周囲には同じように遠くを見ている人たちがいる。

「やっぱり見えないね」

「寒いから部屋に戻ろうか」

そんなふうにささやき合う声が聞こえた。

(部屋に戻ったら、結衣が起きちゃうかもしれないな)

もう少し寝かしておいたほうがいいだろう。

隆宏は反対側の甲板にまわってみることにした。船の先端に向かって歩き、甲板をぐるりとまわりこんだ。

人の姿はまったく見当たらない。太平洋の先に視線を向けるが、やはり暗い闇がひろがっているだけだ。本州が見えなかったのだから、こちら側からなにかが見えるはずもなかった。

（そりゃ、そうだよな）

甲板をぶらぶら歩いていく。

海風に当たって体が冷えたので、とりあえず船内に戻ろうと思ったときだった。甲板の柱の陰に、誰かがいることに気がついた。

白いブラウスにクリーム色のタイトカートを穿いている。明るい色の髪がさらさらとなびいていた。

右手で手摺をつかみ、左手で口もとを押さえている。顔をうつむかせており、なにやら様子がおかしい。

（もしかして、船酔いか？）

先ほど、結衣の症状を見たばかりなので、とっさに船酔いだと思った。

女性はうつむいたまま、肩を震わせている。かなり具合が悪いのかもしれない。船員を呼んでこようかと思うが、それはおおげさな気もする。だからといって黙って通りすぎるのは申しわけない気がして、恐るおそる歩み寄った。

「あの……大丈夫ですか？」

思いきって声をかける。

すると、彼女は驚いたらしく、肩をビクッと小さく跳ねあげた。だが、顔をあげることなく身を硬くしている。

「酔いどめの薬が必要なら、持っていますので、部屋から取ってきますけど」

隆宏が尋ねると、彼女はうつむいたまま首をゆるゆると左右に振った。

「人を呼んできましょうか？」

「いえ……大丈夫です」

弱々しい声を聞いて、なおさら心配になる。しかし、本人が大丈夫と言っている以上、しつこく尋ねるのも違う気がした。

「突然、話しかけたりして、すみません」

彼女にとっては、よけいなお世話だったのかもしれない。そう思うと急に恥ずかしくなり、早々に立ち去ろうとする。そして、隆宏が背中を向けたときだった。

「船酔いじゃないの」

ふいに声が聞こえた。

驚いて振り返ると、彼女が顔をあげていた。年のころは三十前後だろうか。整った顔立ちをした清らかな雰囲気の女性だった。

スラリとした体形なのに、ブラウスの胸もとは大きく盛りあがっている。タイトスカートは膝がのぞく丈《たけ》で、ストッキングに包まれたほっそりした脚が伸びていた。足首がキュッと締まっており、ついつい視線が惹きつけられてしまう。

「ちょっと、悲しいことがあって……」

「そ、そうだったんですか」

隆宏は慌てて胸もとから視線をそらすと、平静を装ってつぶやいた。

「でも、キミに声をかけてもらったから、元気になったわ」

彼女はそう言って、にっこり微笑みかけてくる。

まだ瞳はしっとり濡れているが、無理をしているようには見えない。本当に元気を取り戻したようだ。

「旅に出て正解ね。キミみたいな親切な人に出会えたんだもの」

「お、俺は別に……」

親切な人と言われて照れくさくなる。隆宏は顔が熱くなるのを感じて、思わず横を向いた。

「時間あるかしら……ちょっとつき合ってほしいんだけど」

いったい、どういう意味だろう。思わず首をかしげると、彼女は唇の端を少し持ちあげた。

「お酒を飲みたいの。話し相手がほしいから、いっしょに飲みましょう」

さばさばした感じで言うと、彼女は甲板から船内に入るドアを開ける。隆宏はまだ返事をしていないのに、もう飲むことに決まっていた。

「わたしの部屋でいいでしょう？」

「は、はい……」

勢いに押されるまま返事をしてしまう。彼女が美人だったこともあり、なんとなく流されてしまった。

歩きながら、女のひとり旅だと教えてくれる。なにか訳ありの気がして、隆宏からは質問できなかった。

エレベーターで八階にあがると、彼女の部屋に入る。

部屋のタイプは隆宏たちのスタンダードとまったく同じだ。シングルルームを備えているクルーズ船は少ないという。だから、ひとり旅の乗客もダブルルームを使うことになるらしい。

「どうぞ、座って」

彼女に言われるまま、隆宏はベッドの横にあるソファに腰かけた。

「ビールでいいかしら？」

「お構いなく……」

出会ったばかりだというのに、女性の部屋に来てしまった。なにかまずいことをしている気がして落ち着かない。だからといって、今さら帰るのも失礼だろう。一杯だけ飲んで退散するつもりだ。

彼女は冷蔵庫から缶ビールを取り出して、グラスをふたつ持ってくる。そして、躊躇《ちゅうちょ》することなく隆宏の右隣に腰かけた。

（ち、近いぞ……）

思わず全身を硬直させる。

ソファが小さいため、どうしても肩が触れてしまう。大人の彼女はまったく気にしていないようだが、隆宏は気になって仕方がない。さりげなく座っている位置をずらして、体をそっと離した。

「まだ名前を言ってなかったわね」

彼女はビールをグラスに注ぎながら、佐々木梨奈《ささきりな》と名乗った。

「佐々木さん……ですね」

「梨奈でいいわ。そのほうが気楽でしょ」

「は、はい、俺は――」

隆宏も名前を告げると、梨奈は小さくうなずいた。

「じゃあ、隆宏くん、乾杯しましょ」

さりげなく名前を呼ばれてドキリとする。一気に距離が近くなった気がして、緊張しながらグラスを手に取った。

「で、では……乾杯」

グラスを合わせると、冷えたビールをひと口飲んだ。

「ああっ、おいしい」

梨奈は酒が強いのか、ビールを一気に飲みほした。

「わたし、家は横浜で、仕事は商社で――」

自分のグラスにビールを注ぎながら語りはじめる。

営業部に所属しており、営業成績は常にトップクラスだという。その一方で、同期の男性社員と三年前からつき合っていた。

「結婚を意識していたの。でも、今にして思うと虚《むな》しいわね」

梨奈はそう言ってグラスを口に運んだ。

ずっとプロポーズしてくれるのを待っていた。ところが、彼のほうは踏ん切りがつかなかったらしい。梨奈に結婚願望があることを知っていながら、うじうじしてプロポーズしなかったという。

「わたしからは言えなかった。プライドが邪魔をしたのね。彼からプロポーズされたかった」

ほんの一瞬、淋しげな表情を浮かべる。だが、すぐに気を取り直した様子で微笑を浮かべた。

「気づいたら三十歳になっていたわ。このまま待っても無駄だと思って、さよならしたの。つまり、失恋旅行ってわけ」

梨奈の口調はさばさばしている。

しかし、先ほど彼女はひとりで涙していた。まだ完全に吹っきれたわけではないだろう。出会ったばかりの隆宏を部屋に誘ったのも淋しさの表れだ。それでも、ときには微笑みながら話せる気丈さを持っていた。

「家にいても、ひとりで燻《くすぶ》っているだけだから、気分転換に思いきってクルーズ船に乗ることにしたの」

「そうだったんですか……」

どんな言葉をかければいいのかわからない。隆宏にできるのは相づちを打つことだけだった。

「隆宏くんのことも教えてよ」

「俺は――」

特別、語るほどのエピソードはない。とりあえず、東京在住で二十歳の大学生だということを伝えた。

「そういえば、まさかキミもひとり旅じゃないわよね」

「商店街の福引きで、特等のクルーズ船の旅が当たったんです。それで、幼なじみと旅行をしています」

「ツイてるじゃない」

梨奈が驚きの声をあげる。そして、口もとをほころばせた。

「幼なじみって、女の子？」

「ええ、そうです」

「もしかして、恋人？」

「違います。ただの幼なじみです」

即座に否定する。結衣は仲のいい幼なじみで、それ以上でも以下でもない。きっと結衣も思っていることは同じだろう。

「仲がいいのはわかるけど、女の子が男性とふたりきりで旅行をするのは、それなりの意味があるんじゃない？」

いったい、どういうことだろう。梨奈の言っていることが理解できず、隆宏は思わず首をかしげた。

「その子が違うなら、ほかに恋人はいるの？」

「いません」

まだ誰ともつき合ったことがないので、この手の話はあまりしたくない。あえて素っ気なく答えるが、梨奈はさらに尋ねてくる。

「いつからいないの？」

「ずっとです」

視線をそらすと、ビールをもうひと口飲んだ。

「じゃあ、もしかして、童貞？」

「え？」

一瞬、聞き間違いかと思った。確認するつもりで隣に視線を向ける。すると、彼女は唇の端を微かに吊りあげた。

「どうなの。セックスしたことあるの？」

梨奈がストレートな言葉を口にする。

まさか、そんなことを聞かれるとは思いもしない。隆宏は思わず目を見開いて、彼女の顔を見つめていた。

「そ、それは……」

「ねえ、どうなのよ」

梨奈が顔をぐっと近づけてくる。この調子だと、隆宏が答えるまであきらめそうにない。

「な、ないです」

つぶやいたとたん、羞恥がこみあげて視線をそらす。

顔が燃えるように熱くなり、この場から逃げだしたくなる。たまらずグラスに残っていたビールを一気に飲みほした。

「そうなんだ」

梨奈が身体をすっと寄せてくる。息がかかるほど近くから顔をのぞきこまれて、ますます羞恥がふくれあがった。

「筆おろし、してあげようか？」

「か、からかわないでください」

隆宏は慌てて立ちあがろうとするが、彼女の手のひらがチノパンの太腿に重なってくる。やさしく撫でられると、それだけで体から力が抜けてしまう。

「慰めてくれたお礼よ」

しっとりした声だった。梨奈は微笑を浮かべて、じっと見つめてくる。からかっているようには見えなかった。

「お、俺……な、慰めてなんか……」

太腿を撫でられて緊張が高まっていく。どうすればいいのかわからず、顔をうつむかせてつぶやいた。

「わたしのこと心配して、話しかけてくれただけでうれしかったの。それにね、どことなく似てるのよ。別れた彼に……」

梨奈が穏やかな声で語りかけてくる。

どうやら、隆宏の奥手な感じが、別れた恋人に似ているらしい。そのため、親近感を持ったみたいだ。

「こっちに来て」

梨奈が手を握ってくる。

期待と不安が胸にひろがっていく。童貞を卒業したい気持ちはあるが、上手くできるか自信がなかった。

5

隆宏は手を引かれるまま、ベッドの前までやってきた。

「あ、あの……」

もう、まともに話すこともできない。なにしろ、キスすらしたことがないのだ。緊張が最高潮に高まっていた。

「わたしにまかせて」

梨奈が両手を首の後ろにまわしてくる。そして、顔を近づけると、唇をそっと重ねてきた。

ファーストキスだった。柔らかい唇の感触が伝わってくる。女性の唇に触れるのはこれがはじめてだ。今にも蕩《とろ》けそうなほど繊細で、うっとりしてしまう。隆宏はなにも考えられず、その場に立ちつくしていた。

「キスもはじめて？」

唇を離すと、梨奈がやさしく語りかけてくる。

「は、はい……」

隆宏は顔が熱くなるのを感じながら小さくうなずいた。

「本当にうぶなのね。かわいいわ」

もしかしたら、彼女も興奮しているのだろうか。ため息まじりにつぶやくと、隆宏のシャツのボタンを上から順にはずしはじめる。

「なにもしなくていいわ。全部、わたしがやってあげる」

シャツをあっさり脱がされてしまう。さらにチノパンをおろすと、隆宏が身に着けているのはボクサーブリーフ一枚になった。

ペニスが勃起しており、前がパンパンに張りつめている。しかも、水色の布地に黒い染みがひろがっているのが恥ずかしい。もじもじしていると、ボクサーブリーフにも彼女の指がかかった。

「これも脱いじゃおうか」

ゆっくり引きさげられて、硬直したペニスがブルンッと跳ねあがる。恥ずかしくて仕方ないが、それ以上に興奮がふくらんでいた。

「こんなに大きくなってる。元気なのね」

梨奈は楽しげに微笑み、ボクサーブリーフを足から抜き取った。

これで隆宏が身に着けている物はなにもない。女性に勃起しているペニスを見られるのは恥ずかしいが、股間を手で隠すのも違う気がする。結局、羞恥にまみれながら立ちつくしていた。

「ベッドで横になってて」

うながされるままベッドにあがる。仰向《あおむ》けになると、ペニスが屹立《きつりつ》しているのが目立ち、なおさら恥ずかしい。

「ちょっと待っててね」

梨奈はそう言ってブラウスのボタンに指をかける。ひとつはずすたび、襟《えり》もとから白い肌が見えてきた。

やがて淡いピンクのブラジャーが露《あらわ》になり、隆宏の視線は釘付けになった。

前がはらりと開き、ブラウスが女体から引き剝《は》がされる。スカートもゆっくりおろせば、ナチュラルベージュのストッキングが見えてきた。ブラジャーとおそろいのパンティが透けており、隆宏は無意識のうちに首を持ちあげて凝視していた。

梨奈はストッキングのウエストに指をかけると、前かがみになって引きさげる。剝き出しになった太腿は、色白でむっちりと肉づきがよかった。

「そんなに見られたら、恥ずかしいわ」

梨奈は頬をほんのり桜色に染めながら、両手を背中にまわしてブラジャーのホックをはずす。カップをずらせば、たっぷりとした乳房が露になった。

（お、おっぱいだ……）

思わず喉がゴクリと鳴ってしまう。

生《なま》で女性の乳房を見るのは、これがはじめてだ。お椀をふたつ伏せたような形をしており、頂上部分に紅色の乳首が乗っている。少し身じろぎするだけで、柔らかく波打つのがわかった。

さらに梨奈はパンティに指をかけて、じりじりとおろしていく。布地が徐々にさがり、黒々とした陰毛がふわっと溢れ出した。パンティを左右のつま先から交互に抜き取ると、梨奈は一糸纏《まと》わぬ姿になった。

（す、すごい……）

年上女性の熟れた裸体を目の当たりにして、隆宏は瞬《まばた》きするのも忘れていた。

雑誌やインターネットで見るのとは、迫力がまるで違う。たっぷりした乳房とくびれた腰、股間にそよぐ漆黒の陰毛も生々しい。触れてみたくて仕方ないが、そんなことを口にする勇気はなかった。

「興奮してるみたいね」

梨奈がベッドにあがってくる。そして、仰向けになった隆宏の右隣に横たわり、裸体をぴったり寄せてきた。

彼女はこちらを向いて横になっている。乳房が腕に押し当てられて、柔らかくプニュッとひしゃげた。まるで大きなマシュマロが触れているようだ。わずかに腕を動かすと、いとも簡単に乳房が形を変えた。

それだけではなく、梨奈は右脚をからませてくる。隆宏の脚の間に膝をこじ入れることで、柔らかい内腿が密着した。彼女の陰毛も太腿に触れている。シャリシャリと擦れる感触が、経験したことのない興奮を生み出した。

（こ、これが女の人の……）

はじめて触れる女体の感触に陶然《とうぜん》となる。

どこもかしこも溶けるように柔らかい。ただ触れているだけなのに、ペニスはますます硬くなり、先端から透明な汁が次々と溢れ出す。体温も伝わってきて、女性と触れ合っていることを意識させられる。

「こうしてくっつくと、気分が盛りあがるでしょう」

梨奈の手が胸板に置かれる。ゆったり撫でまわして、ときおり指先で乳首をかすめてきた。

「うっ……」

思わず小さな声が漏れてしまう。

自分で触れるのとは異なる刺激がひろがり、体もビクッと反応する。すると、彼女は指先で乳首を転がしてきた。

「敏感なのね」

耳もとでささやき、熱い息を吹きこんでくる。さらには耳たぶを唇で挟みこみ、舌先を這わせてきた。

その間も指先では乳首を刺激している。左右の乳首を交互に転がされて、不意を突くようにキュッと摘《つ》ままれる。人さし指と親指で軽く圧迫すると、こよりを作る要領でクニクニと弄《もてあそ》ばれた。

「うっ……ううっ」

快楽の呻《うめ》き声を抑えられない。いじりまわされるうち、左右の乳首はすっかり硬くなっていた。

「そ、そんなにされたら……」

触られれば触られるほど敏感になっていく。ときどき強めに摘ままれると、勃起したペニスが連動してピクンッと跳ねた。

「ふふっ、気持ちいいのね」

梨奈の手が乳首から離れて、腹へと移動する。臍《へそ》のまわりで円をゆっくり描くと、指先で陰毛に触れてきた。

くすぐるようにいじりまわし、じりじりと陰茎に近づいてくる。もう少しで触れるというところで、指先はすっと離れて内腿に滑りこむ。そして、焦《じ》らすように撫でまわしてきた。

「り、梨奈さんっ」

たまらず腰を浮かして訴える。すでに亀頭は先走り液でぐっしょり濡れており、牡《おす》の匂いが濃厚に漂っていた。

「あんまり焦らすのもかわいそうね」

ついに梨奈の指が陰茎に触れる。野太く成長した竿《さお》に巻きついて、ゆるゆるとしごきはじめた。

「くうッ、そ、それ……ううウッ」

鮮烈な快感が突き抜ける。

自分の手でしごくのとは比べものにならない快感だ。我慢汁がどっと溢れ出し、腰が小刻みに震えてしまう。ようやく触ってもらえたと思ったら、早くも射精欲がふくれあがってきた。

「ああっ、すごく硬いわ」

梨奈は喘ぎまじりにささやくと、再び唇を重ねてくる。

添い寝をした状態で、ペニスをしごきながらの口づけだ。しかも、柔らかい舌が隆宏の唇を舐《な》めてくる。迷いながらも唇を半開きにすると、彼女の舌がヌルリッと口内に入りこんできた。

（り、梨奈さんの舌が……）

はじめてのディープキスだ。

美形ＯＬの柔らかい舌が、口のなかをゆっくり這いまわっている。頬の裏側や歯茎を舐められて、舌先で上顎をくすぐられた。怯えて縮こまっていた舌をからめとられて吸われると、さらに気分が高まっていく。

「あふっ……むふンっ」

彼女の鼻にかかった声も興奮を誘う。唾液をトロトロと流しこまれると、夢中になって嚥下《えんげ》した。

（これが、梨奈さんの……）

甘い唾液を味わうことで、興奮に拍車がかかる。隆宏も遠慮がちに彼女の舌を吸いあげた。

「はああンっ」

梨奈が色っぽい声を漏らして、ペニスをやさしくしごいてくれる。溢れつづけるカウパー汁が潤滑油となり、ニュルニュル滑るのがたまらない。快感が快感を呼び、いよいよ我慢できなくなってきた。

「も、もうっ……もうダメですっ」

隆宏は唇を振りほどくと、慌てて訴える。

このままでは暴発してしまう。ディープキスをしながら手でしごかれるのも、かつて経験したことがないほど気持ちいい体験だ。しかし、せっかく童貞を卒業できるチャンスなので、なんとかセックスをしたかった。

「もう少し我慢してね」

梨奈が耳もとでやさしくささやき、ペニスから手を離した。

そして、身体を起こすと、隆宏の股間にまたがってくる。両膝をシーツにつけた騎乗位の体勢だ。屹立したペニスの真上に女性器が迫っている。思わず凝視すると、彼女はわざわざ股間を突き出してくれた。

「好きなだけ見て……」

「おおっ」

秘めたる部分が剝き出しになり、思わず低い声で唸った。

女性器を生で見るのは、これがはじめてだ。二枚の陰唇は紅色で、華蜜にまみれて濡れ光っている。ペニスに触れたことで興奮したのか、割れ目からは透明な汁がジクジク湧き出していた。

インターネットで裏画像を見たことはあるが、実際に女性器を目にした衝撃は強烈だ。女陰はいかにも柔らかそうで、新鮮な赤貝を思わせる。物欲しげに蠢《うごめ》く様子が艶めかしくて、ますますペニスが硬くなった。

「本当に、はじめてがわたしでいいの？」

梨奈が確認するように尋ねてくる。隆宏は一刻も早く挿入したくて、ガクガクとうなずいた。

「り、梨奈さんがいいです」

ただセックスがしたくて言ったわけではない。梨奈のやさしさが伝わってきたからこそ、彼女と経験したいという気持ちが強くなった。

「うれしい……わたしも、隆宏くんのはじめての女になりたい」

梨奈が目を細めてつぶやいた。

「じゃあ、挿《い》れるわね」

左手を隆宏の腹につき、右手でペニスをつかんでくる。そして、腰を少しだけ落とすと、亀頭を女陰に触れさせた。割れ目にそって何度かゆっくり滑らせて、特に柔らかい部分に亀頭の先端が沈みこんだ。

「ここよ……いくわね」

梨奈が息を吐きながら、じりじり腰を落としてくる。亀頭が彼女の柔らかい部分に入りこみ、内側から透明な果汁が溢れ出した。

「ああンっ」

「うッ……ううッ」

快感がひろがり、呻き声を抑えられない。

股間に視線を向ければ、屹立したペニスの先端が彼女の股間に埋まっている。熱い媚肉が、亀頭に覆いかぶさっているのだ。膣襞《ちつひだ》がザワザワと蠢き、亀頭の表面をくすぐっていた。

「まだ先っぽだけよ。我慢してね」

梨奈がさらに腰を落としたことで、ペニスが女壺のなかに呑みこまれていく。やがて根元まですべて埋まり、ふたりの股間が密着した。

(す、すごい、全部……)

ついに童貞を卒業したのだ。

感動が湧きあがるが、浸っている間はない。すぐに射精欲の波が押し寄せて、慌てて全身の筋肉に力をこめた。

「くううッ」

もう少し、この快楽を味わいたい。懸命に耐え抜き、なんとか射精欲の波をやりすごした。

「おめでとう。これで隆宏くんも大人の男の仲間入りね」

梨奈は両手を隆宏の腹に置き、やさしい瞳で見おろしている。自分の腕で、豊満な乳房を中央に寄せる格好になっていた。

(ああっ、最高だ……)

これほど突然、初体験の機会がめぐってくるとは思いもしなかった。

しかも、クルーズ船のなかで出会った女性が、筆おろしをしてくれたのだ。まったく予想外の展開だった。

「触ってもいいのよ」

梨奈が手を取り、自分の乳房へと導いてくれる。軽く触れただけでも、指が柔肉のなかに沈みこんでいく。溶けそうなほど柔らかくて、繊細な感触だ。隆宏は慎重に乳房を揉みあげた。

「あンっ、そうよ。できるだけ、やさしく触るのよ」

「こ、こうですか」

恐るおそる双《ふた》つの乳房を愛撫する。

肌はシルクのように滑らかで、とにかくたっぷりしている。興奮して力を入れたら壊れてしまいそうだ。高価な美術品を扱うように、下からそっと持ちあげては意識的にやさしくこねまわした。

「ときどき、乳首も触ってみて」

「は、はい……」

乳房を揉みながら、人さし指で乳首に触れてみる。とたんに女体がビクッと反応して、ペニスを包みこんでいる膣肉が収縮した。

「ううッ」

「上手よ。硬くなってきたら感じてる証拠よ」

梨奈は筆おろしをするだけではなく、やさしく指導してくれる。

指先で乳輪を撫でたり、乳首の先端に触れたりをくり返す。すると、乳首がぷっくり隆起して、乳輪もドーム状にふくらんだ。

(乳首が勃《た》ってきた……)

自分の愛撫に反応していると思うと、なおさら興奮が大きくなる。指先で乳首を摘まみ、甘い刺激を送りこんだ。

「あンっ、わたしも動くわね」

いつしか、梨奈の瞳がねっとり潤んでいる。

まだペニスを根元まで挿入しただけで動いていない。梨奈は股間を密着させた状態で、腰を前後にゆったり振りはじめる。互いの陰毛が擦れ合い、シャリシャリという乾いた音が微かに聞こえた。

「くううッ、り、梨奈さん……」

たまらず隆宏は呻き声をあげる。

動きは小さくても、ペニスにひろがる快楽は大きい。彼女は腰をなめらかにうねらせて、女壺で男根をしごきあげてくる。愛蜜にまみれた太幹を媚肉で擦られると、蕩けるような愉悦《ゆえつ》が次々と押し寄せた。

「ううッ、そ、それ……す、すごいです」

もはや乳房を揉んでいる余裕もないほど感じてしまう。

膣襞が四方八方からペニスにからみつき、くすぐるように這いまわる。カリの裏側にも入りこみ、甘くやさしい刺激を送りこんできた。

「いいのよ、もっと気持ちよくなっても」

さらに梨奈は両手を胸板につき、隆宏の敏感な乳首を指先で転がしてくる。腰の動きも徐々に速くなっていた。

「わたしも感じてきちゃった……ああンっ」

梨奈の唇が半開きになり、艶めいた声が溢れ出す。

その言葉を証明するように、愛蜜の量が明らかに増えている。結合部はドロドロの状態で、ペニスの出し入れがよりスムーズになっていく。快感が大きくなり、我慢汁の量も増えていた。

「ううウッ、も、もう……お、俺、もうっ」

限界が近づいている。

なにしろ、これがはじめてのセックスだ。艶めかしい腰使いでペニスをねちねち刺激されて、頭のなかがどぎつい赤に染まっていく。我慢汁がとまらなくなり、無意識のうちに股間をググッと突きあげていた。

「あああッ、いいっ、わたしもいいわ」

梨奈の腰の動きがさらに加速する。クチュッ、ニチュッという蜜音が響き渡り、いよいよ最後の瞬間が迫ってきた。

「き、気持ちいいっ、くううッ」

奥歯をギリギリと食いしばる。

自分の手でしごくのならセーブできるが、主導権を握っているのは梨奈だ。騎乗位で腰を振られると、為《な》す術《すべ》もなく快楽に溺れていく。

「も、もうダメですっ、ううウッ、り、梨奈さんっ」

「ああッ、出して、いつでも好きなときに出して」

ねちっこく腰を振りながら、梨奈が許可を出してくれる。その声を聞いたとたん、我慢できなくなった。

「ううウッ、で、出るっ、出ちゃいますっ、くうううううううッ！」

ついに女壺のなかでペニスが脈動する。それに合わせて膣壁が収縮するため、自然と射精の速度が加速していく。大量の精液が尿道を駆け抜けて、これまで経験したことのない快感がひろがった。

「なかでビクビクして、あああッ、わたしも、はあああああああッ！」

梨奈も女体を弓なりに反らすと、あられもない嬌声《きょうせい》を振りまいた。

亀頭の先端から勢いよく飛び出したザーメンが、敏感な膣粘膜に付着する。それが刺激となったのか、梨奈は腰を震わせて、さらにねちっこく腰を使う。ペニスが絞りあげられて、頭のなかがまっ白になるほどの快楽が突き抜けた。

隆宏はかつて経験したことのない愉悦を嚙みしめていた。

これがはじめてのセックスだ。女壺に埋まったままのペニスは、まだ小刻みに痙攣《けいれん》している。

梨奈も絶頂に達したのかもしれない。

女体を反らして固まっていたが、やがて糸が切れた操《あやつ》り人形のように、隆宏の胸もとに倒れこんできた。

「ああっ、キスして……」

梨奈が甘い声でつぶやき、唇を重ねてくる。

まだ性器は深くつながったままだ。自然と抱き合う格好になり、激しいディープキスになる。口のなかをねちっこく舐めまわされると、セックスの快感がより大きくなる気がした。

第二章　弾けたい人妻

1

「タカちゃん、起きて」

聞き覚えのある声が聞こえて目が覚める。重い瞼を持ちあげると、結衣がニコニコしながら顔をのぞきこんでいた。

(な、なんだ?)

隆宏は状況がつかめず、慌てて周囲に視線をめぐらせる。そして、ここがクルーズ船の客室だということを思い出した。

それと同時に昨夜の記憶がよみがえる。

甲板で出会った女性に筆おろしをしてもらったのだ。梨奈に礼を言って別れたのが深夜零《れい》時近くだった。それから隆宏はそっと部屋に戻り、結衣が寝ているのを確認してからシャワーを浴びた。

幼なじみの無邪気な寝顔を目にして、罪悪感がこみあげたのはなぜだろう。

自分でも理由はわからない。いっしょに旅行しているのに、別行動を取ったせいだろうか。

結衣を起こさないように気をつけて横になった。とにかく、梨奈とセックスしたことは絶対に知られてはならない。そう硬く心に誓った。

目を閉じると、梨奈の裸体と結衣の寝顔が交互に浮かんだ。疲労が溜まっていたのに、なかなか寝つけなかった。それでも、何度も寝返りを打っているうちに、いつの間にか眠りに落ちていた。

「おはよう。朝だよ。すごくいい天気だよ」

結衣が窓に視線を向ける。釣られて見やると、確かに窓の外には青空がひろがっていた。

「お、おう……おはよう」

平静を装って挨拶する。とにかく、何事もなかった振りをするしかないだろう。

「昨日の夜、シャワー浴びたでしょ」

いきなり指摘されてドキリとする。

もしかしたら、昨日の夜、結衣は起きていたのだろうか。隆宏は思わず彼女の顔を凝視した。

「わたしも、さっき浴びたんだ。ほんと、ホテルみたいだね」

結衣は相変わらず楽しそうにしている。

どうやら、バスルームに使用済みのバスタオルがあったので、隆宏もシャワーを浴びたと気づいただけらしい。

(俺は、なにをほっとしてるんだ……)

隆宏は胸のうちでつぶやいた。

ただの幼なじみだ。自分がなにをしようと、結衣に気を使う必要はない。そう思いつつも、なぜか胸の奥がモヤモヤしていた。

「ねえ、朝ご飯を食べたら、船のなかを探検しようよ」

結衣が身体を上下に揺らしながら提案してくる。

どうやら、遊びたくて仕方ないらしい。まるで子供のころに戻ったようにはしゃいでいる。そんな彼女の姿を見ていると、いつまでもゴロゴロしているのが、もったいなく思えてきた。

「でも、船酔いは大丈夫なのか?」

昨夜はずいぶん具合が悪そうだったが、体調はどうなのだろうか。

「もう、すっかりよくなったよ。薬を飲んで、ぐっすり寝たからね。身体も船に慣れてきたみたい」

　確かに、顔色がすっかりよくなっている。無理をしている感じもしなかった。

　そのときはじめて、結衣の服装に目が向いた。この日はヒラヒラした白いブラウスに水色のフレアスカートを穿いている。昨日のワンピースとキャミソールもかわいかったが、今日のブラウスも似合っていた。

「タカちゃんが薬を持ってきてくれたおかげだよ。ありがとう」

　素直に礼を言われると、照れくさくなる。隆宏は顔が熱くなるのを感じて、勢いよくベッドから起きあがった。

「着替えるから、こっちを見るなよ」

「はーい」

　結衣が返事をして背中を向ける。

　視線が完全にそれたのを確認して、隆宏はパジャマ代わりのTシャツと短パンを脱ぎ捨てた。

　普段はTシャツにジーパンばかりだが、豪華クルーズ船の旅なので、そういうわけにはいかない。クルーズ船のマナーというものがある。日中はカジュアルな服装も許容されるが、それでもパンフレットには「短パン、Tシャツ、スニーカーは不可」と書いてあった。

この旅のために、白いシャツとチノパンを購入した。クローゼットから服を取り出すと、すばやく着替えて鏡でチェックした。寝癖もついてないし、とくに問題はないだろう。

「よし、いいぞ」

声をかけると、結衣が振り返った。

「昨日と同じじゃん」

隆宏の姿を見るなり、いきなり笑う。

「でも、悪くないんじゃやない」

すぐにそうつけ足した。

それは昨夜、結衣のキャミソールを見たときに隆宏が言った台詞《せりふ》だ。結衣はうれしそうにしていたので、記憶に残っていたのだろう。

「じゃあ、飯に行こうぜ」

「行こう行こう」

ふたりとも笑顔になり、さっそく部屋をあとにした。

朝は和食か洋食を選べるようになっている。今朝は洋食を食べることにして、十一階のレストランに向かった。

エレベーターを降りて廊下を進むと、レストランが見えてきた。

昨夜の夕食で少し慣れたので、それほど緊張はしなかった。窓際の席に案内されて説明を受ける。ビュッフェになっており、たくさん並んでいる料理をスタッフが取りわけてくれるという。

ふたりはさっそく料理を取りに向かった。

隆宏はコーヒー、オムレツ、ソーセージ、それにサラダとトースト。結衣はオレンジジュースにサラダとワッフルを選んだ。

「食べようか」

「うん。いただきまーす」

明るい日差しが降り注ぐなか、ふたりは料理を口に運ぶ。オムレツはなかがトロトロで、トーストの焼き加減も完璧だ。

「おいしいね」

結衣が感激の声をあげる。

どうやら、ワッフルもうまいらしい。どれもシンプルな料理だが、豪華クルーズ船だけあってじつに美味だった。

窓からの景色も見事だ。ここは十一階なので、海を見おろす感じが素晴らしい。天気もよくて最高だった。

「腹ごしらえもすんだことだし」

「探検に行きますか」

隆宏が話を振れば、結衣が笑顔で応える。なにしろ物心つく前から遊んでいた仲なので、ふたりの息はぴったりだ。

レストランを出ると、船内の散策を開始する。まずふたりが向かったのは最上階の十二階だ。

「確か、ジムがあるんだよね」

事前にパンフレットをチェックしているので、ある程度の知識はある。結衣の記憶どおり、十二階にはフィットネスクラブや露天風呂などがあった。テニスコートもあるのは驚きだ。周囲がネットフェンスで囲まれており、ボールが海に落ちない配慮がされていた。

「あっ、エステもあるんだ」

結衣が瞳を輝かせる。

「一度、やってみたかったんだよね」

団子屋の娘でちゃきちゃきの江戸っ子というイメージだが、二十歳の女子だけあってエステに興味があるらしい。

「せっかくだから、あとでやってもらいなよ」

隆宏が提案すると、結衣はうれしそうに瞳を輝かせる。だが、すぐに考えこむような顔になった。

「でも、タカちゃん、ひとりで暇になっちゃうよ」

「この船なら、いくらでも暇つぶしするところがあるだろ。せっかくだから、エステに行ってこいよ」

「いいの？」

「どれくらいきれいになるのか、俺がチェックしてやる」

からかいの言葉をかけると、結衣は腰に手を当てて胸を張った。

「惚《ほ》れたって知らないからね」

顎をツンとあげて、笑いながら見つめてくる。

隆宏もすかさず笑い返すが、彼女の胸もとが気になってしまう。胸をぐっと張ったため、ブラウスに包まれた乳房が強調されていた。

（やっぱり、でかいな……）

昨夜、はじめて女性の乳房に触れたせいか、色や形を想像してしまう。しかし、それは一瞬のことで、すぐ我に返って視線をそらした。

（な、なに考えてるんだ。結衣だぞ……）

心のなかで自分に言い聞かせる。

これまで結衣を卑猥な目で見たことなどない。きっと女の身体を知ったせいだ。そのせいで、ついおかしなことを考えてしまうのだろう。

「下の階に行こうぜ」

気を取り直してエレベーターに向かう。すると、結衣は楽しげにスキップしながらついてきた。

十一階はレストランエリアだ。先ほど朝食を摂ったビュッフェ以外にも、和食、洋食、中華、焼肉も楽しめる。喫茶室でケーキを食べながら、優雅に紅茶やコーヒーを飲むのもいいだろう。

そして、十一階の船首寄りの場所にはプールがあった。

「ちょうど誰もいないね。天気もいいし、泳ごうよ」

結衣が浮かれた様子で提案してくる。プールがあるのは知っていたので、ふたりとも水着を用意していた。

「いいね」

もちろん、隆宏もふたつ返事で了承する。

プールは楽しみにしていたことのひとつだ。ここ数年、プールや海に行く機会がなかった。結衣とは幼いころ、庭に出したビニールプールで遊んだのが最後だと記憶している。パンフレットでクルーズ船にプールがあることを知り、久しぶりに泳ぐ気になっていた。

船の散策はここでいったん中断する。船旅は四泊五日もあるのだから、慌てることはない。とりあえず、水着を取りに部屋へ戻ることにした。


「えっ……」

思わず目を見開いて言葉を失った。

隆宏は更衣室で海水パンツに着替えて、先にプールサイドのデッキチェアでくつろいでいた。そこに水着姿の結衣がやってきたのだ。

女体に纏っているのは、意外なことに黒のビキニだった。

しかも、布地が小さめの大胆なデザインだ。トップスから乳房がこぼれそうで、歩を進めるたびにタプタプ揺れる。ボトムスはサイドを紐で結ぶタイプだ。逆三角形の布地が、ふっくらした恥丘にぴったり貼りついていた。

「これどうかな。はじめて着るんだけど……」

結衣は頬をほんのり桜色に染めている。

どうやら水着を新調したらしい。着ている本人が照れていると、見ている隆宏まで恥ずかしくなってしまう。

「お、おう……」

それ以上、言葉が出てこない。

昨夜のキャミソール以上の衝撃だ。首から下だけ見ていると、目の前に立っているのが幼なじみとは思えなかった。

「わたしには大人っぽいかな？」

結衣が感想を求めている。

今年で二十歳になったこともあり、思いきってセクシーなデザインに挑戦したのかもしれない。それにしても肌の露出が多くて、目のやり場に困ってしまう。だからといって、顔をそむけるのも違う気がした。

「い、いいんじゃないか……」

なんとか言葉を絞り出す。

顔がかわいらしいので、なおさら大胆に見えてしまう。白い肌が眩しすぎて、隆宏は空を見あげるフリをして視線をそらした。

「よし、プールに入ろうぜ」

動揺を悟られたくない。無理にはしゃいでいるフリをすると、急いでデッキチェアから立ちあがった。

「あっ、わたしも行く」

うしろから結衣もついてくる。

プールの水は澄んでおり、太陽の光をキラキラ反射していた。飛びこみは禁止になっているが、今はほかに客の姿がない。結衣とふたりだけなので、隆宏は構うことなく勢いよくドボンッと入った。

「冷たくて気持ちいいね」

背後を見ると、いつの間にか結衣もプールに入っていた。

濡れた髪から色っぽくてドキリとする。黒いビキニのせいか、今日の結衣はいっそうかわいく見えた。

「えいっ」

結衣は手で水をすくうと、顔に向かって飛ばしてくる。

「おっ、やったな」

すぐに隆宏もやり返す。

どちらも負けず嫌いなので、水の掛け合いになる。こんなことをしていると、すぐ童心に戻ってしまう。

「えいっ、反撃っ」

「そっちがその気なら、おりゃっ」

子供じみた遊びが楽しくて仕方がない。

やはり気の合うおさななじみだ。強い日差しが降り注ぐなか、潮風を受けながらプールで戯《たわむ》れる。ここが船の上だと思うと贅沢な気分だ。いつしか夢中になり、ふたりきりのプールで思いきりはしゃいでいた。

プールで遊び疲れてしまった。

遅めの昼食を摂り、喫茶室で紅茶を飲んだあとは、部屋に戻って夕食までのんびりすごした。

晩ご飯のメニューは和食だった。黒毛和牛のすき焼きが絶品で、思わずお代わりをした。料金はチケット代に含まれており、周囲の客もお代わりしている人がたくさんいたため遠慮はしなかった。

食事を終えると、部屋に戻って一服した。

「そろそろ行ってくるね」

結衣が浮かれた調子で話しかけてくる。

隆宏はベッドに寝そべり、ぼんやりテレビを眺めていた。そういえば、結衣はエステに行きたいと言っていたのを思い出す。

「おう、行っておいで」

「前からやってみたかったんだ」

はじめてのエステを楽しみにしているのが伝わってくる。

普段の結衣は美容のことを口にしないが、本当は気を使っているのだろう。そういえば、団子屋で働いているときも小綺麗にしていた。

「コースで施術してもらうから、結構、時間がかかるかも」

「了解。俺もせっかくだから、夜の船のなかをブラブラしてるよ」

隆宏は船内を散策するつもりだ。

部屋のキーはふたつあるので、どちらが早く戻ってきても問題ない。同行者が別行動を取っても、時間をつぶす施設はいくらでもある。これもクルーズ船のすごいところだ。

「わたしがすごくきれいになったら、どうする？」

結衣がもじもじしながら尋ねてくる。

いったい、なにを言いたいのだろうか。期待に満ちた瞳を向けてくるが、まったく意味がわからない。

「そうだな。いっしょに喜んでやるよ」

「それだけ？」

どうやら、求めていた答えではなかったらしい。結衣は不服そうに言うと、唇をとがらせた。

「わたしがきれいになって、ほかの人のものになっても後悔しないでよね」

「なんで俺が後悔するんだよ」

黙っていればいいのに、ついむきになって言い返してしまう。すると、結衣は頬をふくらませた。

「もうっ、タカちゃんの鈍感っ」

そう言って部屋から出ていってしまった。

(なんだったんだ……)

ひとり残された隆宏は思わず首をかしげた。

昼間はプールであんなに楽しく遊んでいたのに、わけがわからないまま怒らせてしまった。理由がわからないから、よけいに悶々してしまう。思い返せば、以前からこういうことがちょくちょくあった。

髪を切ったのに気づかなかったり、新しい服を褒めなかったりすると、まず間違いなく不機嫌になる。それでも、翌日になると機嫌が直っているので、これまで同じようなことをくり返してきた。

(まあ、いつものことだな……)

きっとエステから帰ってくるころには、けろっとしているだろう。気を取り直して、船内の散策に出かけることにした。

2

隆宏は部屋を出ると、廊下を進んでエレベーターに乗りこんだ。

迷わず六階のボタンを押す。じつは、行ってみたい場所があった。この階にバーがあるのをチェックしていた。

（あそこだな……）

目的の店はすぐに見つかった。

入口のドアにガラスがはまっているため、店内の様子が確認できる。照明が絞られており、大人の空間といった雰囲気だ。

街のバーは入りづらい。なんとなく怖いイメージがあり、二十歳の隆宏は気後《きおく》れしてしまう。どんなところなのか入ってみたいが、慣れた人がいっしょにいないと不安だ。だが、クルーズ船のバーなら危険なことはないだろう。

（よし、行くぞ）

恐るおそるドアを開き、店内に足を踏み入れた。

飴色の光が店内を照らしており、落ち着いたジャズが流れている。カウンターのみの小さな店だ。材質はウォールナットだろうか、一枚板のカウンターが入口から奥に向かって伸びていた。

スツールは八つある。奥のふたつに夫婦と思われる年配の男女が座っている。そして、手前から三つ目のスツールに、ボタニカル柄の水色のワンピースに身を包んだ女性がひとりで腰かけていた。

「いらっしゃいませ。お好きな席にどうぞ」

蝶ネクタイをしたバーテンダーが声をかけてくる。

四十前後の渋い男だ。バーテンダーの背後には棚があり、洋酒のボトルがたくさん並んでいた。この空間だけ見ていると、とても船のなかとは思えない。揺れも感じることはほとんどないため、街のバーにふらりと立ち寄った気がしてくる。

迷ったすえ、いちばん手前のスツールに腰をおろした。

バーテンダーがメニューをすっと差し出してくる。隆宏は思わず会釈をしながら受け取った。

「メニューにない物も、お作りします」

そう言われても、酒の知識などほとんどない。そもそも、こういう場所ではなにを頼むのだろうか。

メニューを開くと、カクテル、ウイスキー、ワインなどの項目があり、それぞれに知らない単語が並んでいる。おそらく酒の名前だと思うが、まったくわからないので頼みようがない。

（みんな、なにを飲んでるんだ？）

横目でチラリと確認する。

奥の夫婦はワインを飲んでいるようだ。そして、ひとりで来ている女性の前には、カクテルが置いてあった。

（もっと簡単な飲み物はないのかよ）

焦ってメニューをめくるが、知っている名前はひとつもない。バーテンダーはグラスを磨きながら、隆宏が注文するのを待っていた。

（や、やばい……）

大人ぶってバーに来たのが間違いだった。

だからといって、ここで帰るのも格好悪い。困っていると、ひとつ空けて座っていた女性が、隣にすっと移動してきた。

「注文の仕方がわからないんですか？」

小声でささやきかけてくる。

照明が絞ってあるのでよくわからなかったが、近くで見ると清楚な雰囲気の女性だった。肩にかかった髪から、甘いシャンプーの香りが漂ってくる。年は三十前後くらいだろうか。やさしげな微笑が印象的だった。

「じ、じつは、バーってはじめてなんです」

恥を忍んで打ち明ける。

わからないのだから仕方がない。隆宏が困っていることに気づいて声をかけてくれたのだろう。この女性に頼るしかなかった。

「お酒の名前とか、全然、わからなくて……」

「銘柄はとくに指定しなくても大丈夫ですよ。ウイスキーは飲めますか？」

「少しなら……」

本当は何度かしか飲んだことがない。だが、飲めないというのは恥ずかしかった。

「じゃあ、注文しますね」

「は、はい、お願いします」

やさしい女性に助けてもらってほっとする。ここは彼女にまかせることにした。

「ウイスキー、ひとつお願いします」

女性がバーテンダーに声をかける。

「飲み方はどうされますか？」

「飲みやすいのがいいです」

「では、炭酸割りにしてレモンを浮かべましょうか」

短いやりとりで、バーテンダーのほうから飲み方を提案してくれる。具体的な銘柄のやり取りはなかった。

「それで、お願いします」

「かしこまりました」

すぐにバーテンダーがドリンクを作りはじめる。

「こんな感じでいいんですよ」

女性は隆宏に向き直ると、にっこり微笑みかけてきた。

「きちんとしたお店なら、こちらの好みを伝えるだけで合ったものを作ってくれるはずです」

「へえ、そうなんですね。助かりました」

そんな会話を交わしているうちに、隆宏の前にグラスが出てきた。

「お待たせしました」

癖のない国産ウイスキーのハイボールにレモンを浮かべたものだという。

ひと口飲んでみると、確かに飲みやすい。レモンでさっぱりしているのもポイントだ。これなら、ウイスキー初心者の隆宏でも飲むことができる。

「おいしいです」

「よかった。腕のいいバーテンさんは、お客さんを見て、好みのお酒を作ってくれるんです」

彼女はそう言ってカクテルグラスに口をつける。

そんな姿が格好よくて、思わずじっと見つめてしまう。きっとお酒が好きで、ひとりでバーで飲むことが多いのだろう。

「詳しいんですね」

「ううん、全然。じつはね、わたしもさっき友達に教えてもらったんです」

「えっ、そうなんですか」

隆宏が驚きの声をあげると、彼女はいたずらっぽい笑みを浮かべた。

「全部、受け売りなの」

てっきり飲み慣れている女性だと思った。自信満々に見えたが、そうではなかったようだ。

「こうして知り合ったのも、なにかの縁ですね」

穏やかな声で自己紹介してくれる。彼女の名前は小野寺《おのでら》静香《しずか》。高校時代の女友達と、このクルーズ船でふたり旅をしているという。ふたりとも結婚しているが、今回は女だけの旅を楽しんでいるらしい。

「その友達が、お酒に詳しいの。今はエステに行ってるんです」

静香と名乗った女性は、そう言って微笑んだ。

エステと聞いて、ふと結衣の顔を思い浮かべる。今ごろ施術を受けている最中だろうか。

「お名前をうかがってもいいですか？」

「お、俺は――」

はっと我に返り、名前を告げる。すると、静香は小さくうなずいた。

「大学生？」

「はい。あっ、未成年じゃないですよ。もう二十歳になりました」

「二十歳か。十歳も違うのね……」

静香は独りごとのようにつぶやき、遠い目を宙に向ける。

どうやら、彼女は三十歳らしい。清らかで美しい女性なのに、どこか陰が感じられる。昨夜の梨奈がそうだったように、なにか悲しみを抱えこんでいるのかもしれない。

「あの……なにかあったんですか？」

迷ったすえに声をかける。

よけいなお世話かもしれないが、放っておくのは違う気がした。言いたくなければ、なにも言わないだろう。

「う、ううん、なんでもないの。ごめんなさい、ボーッとして」

静香は慌てた様子で笑みを浮かべた。

口ではなんでもないと言っているが、無理をして取り繕《つくろ》っているようにしか見えない。だが、それ以上、追及することもできなかった。

隆宏は黙ってグラスを口に運んだ。

ウイスキーの香りが鼻に抜けていく。バーで飲んでいるせいか、ハイボールが大人の味に感じた。

「隆宏くんは、誰と旅行してるんですか？」

「幼なじみです。今はエステに行ってます」

隆宏が正直に答えると、彼女は楽しげに笑った。

「わたしの友達と同じですね」

ふたりとも同じ状況でバーに来て、時間をつぶしている。偶然の出会いに気分が盛りあがったのか、静香の口調がなめらかになってきた。

「本当は悩みがあったの。それで友達に相談しているうちに、気分転換しようということになって、旅行に誘ってくれたんです」

「いいお友達ですね」

「ええ、なんでも話せる唯一の親友なの」

静香はカクテルで唇を湿らせると、悩みのことを語りはじめた。

大学を出て就職したが、三年前に結婚して退職したという。家庭に入り、夫を支えるつもりだった。ところが、夫は仕事が忙しくて接する時間も少なく、すれ違いで淋しい思いをしているらしい。

「贅沢な悩みよね。夫が仕事をがんばってくれているおかげで、わたしは専業主婦として生活できているんだから」

それがわかっているから、よけいにつらいのではないか。

夫はまじめな性格で、浮気などはいっさいないという。しかし、仕事にのめりこんでしまうため、帰宅してからも夜遅くまでパソコンに向かっているらしい。休日もそんな感じで、夫婦の会話も減っているようだ。

「せめて仕事をつづけていれば……」

静香がぽつりとつぶやいた。

ひとりで家にいるのが淋しいのだろう。夫は仕事のことで頭がいっぱいで、話し相手にもなってくれない。どうやら、仕事を辞めなければよかったと後悔しているようだった。

「夫はやさしくて、いい人なの。ただ、ちょっとまじめすぎて……わたしのわがままだって、わかってるんだけど……」

静香の声がどんどん小さくなってしまう。

かける言葉が思い浮かばない。隆宏はまだ学生で、しかも独身どころか恋人もいない。アドバイスなどできるはずもなかった。

「ヘンな空気にして、ごめんなさい」

静香が無理をして微笑んだ。そして、身体をすっと寄せてきた。

「まだ時間ありますか？」

「は、はい……」

腕と腕が軽く触れ合っている。急激に緊張感が高まり、隆宏は背すじを伸ばして固まった。

「カラオケルームがあるんですって。つき合ってくれませんか？」

濡れた瞳で懇願するように見つめられる。

とてもではないが、断れる雰囲気ではない。隆宏は困惑しながら、おずおずとうなずいた。

「すみません。カラオケルームは空いてますか？」

静香がバーテンダーに声をかける。

「少々お待ちください。ただ今、確認いたします」

バーテンダーが内線電話を手に取った。

船内の施設はすべて連携が取れているのだろう。運よく空きがあり、すぐにカラオケルームの予約が取れた。

3

カラオケルームは、バーと同じ六階にある。

町にあるカラオケボックスに似ているが、なにしろクルーズ船の施設だ。個室のドアひとつとっても、木製でしっかりしている。広さは十畳ほどはあるだろうか。窓はない完全な密室で、リラックスして楽しめる空間となっていた。

足もとには毛足の長い焦げ茶の絨毯が敷かれており、L字形に配置されたソファは大きくてふかふかしている。ガラステーブルの上にはカラオケ機器のリモコンと、ドリンクと軽食のメニューが置いてあった。

「ずいぶん明るいですね」

照明の光量が調整できるようになっている。静香が壁に取りつけられたレバーを動かして照明を絞った。

オレンジがかった光が、カラオケルームのなかを照らし出す。それだけで、なんとなく艶めかしい雰囲気になってきた。

「座りましょうか」

静香に導かれるまま、隆宏はソファに腰をおろす。すると、彼女も寄りそうようにして腰かけた。

腕と腕が密着して、ますます緊張してしまう。心臓の拍動が激しくなり、バクバクと大きな音を立てていた。

（く、くっつきすぎのような……）

そう思ったとき、静香が顔を寄せてきた。

「たまにはハメをはずしたいの」

耳もとでささやかれてドキリとする。

いったい、どういう意味だろうか。期待がふくれあがり、同時にペニスもむくむく頭をもたげてしまう。チノパンの前が痛いくらいに張りつめて、思わず下半身をもぞもぞと動かした。

「きょ、曲を選ばないと……」

リモコンを取ろうと手を伸ばす。ところが、手首をすっとつかまれて、あっさり引き戻されてしまう。

「カラオケは、クルーズ船をおりてからでもできますよ」

はじめから歌う気などなかったらしい。静香はさらに身体を寄せると、手のひらをチノパンのふくらみにかぶせた。

「うっ……」

腰に震えが走り、小さな声が溢れ出す。

布地ごしで刺激は弱いが、女性に触られていると思うだけで興奮してしまう。そんな隆宏の反応に気をよくしたのか、彼女は円を描くようにやさしく股間を撫でまわしてきた。

「ううっ……し、静香さん」

とまどいの声を漏らすが、ペニスは硬くなる一方だ。彼女の手のひらを押し返す勢いで、パンパンに張りつめていた。

「誤解しないでくださいね。こんなことするの、はじめてなんです」

熱い吐息が耳孔に流れこむ。さらに興奮が高まり、亀頭の先端から我慢汁がトロトロと溢れるのがわかった。

「ま、待って――くううッ」

チノパンの上から太幹をキュッとつかまれる。ゆったりしごかれると、甘い刺激がひろがった。

「ああっ、硬いです」

静香が譫言《うわごと》のようにつぶやいた。

大胆なことをしているが、頬をほんのり赤らめている。彼女の瞳は微かに揺れており、とまどいも伝わってきた。

「し、静香さん、こ、こんなこと……」

隆宏は快楽に悶えながら語りかける。

彼女は人妻だ。さすがにまずいと思うが、股間に伸びている手を振り払うことはできない。甘い刺激がひろがっており、このまま溺れてしまいたいという気持ちが芽生えていた。

「この旅の間だけ、思いきり弾《はじ》けてみたいの」

静香がペニスを握ったままつぶやく。まるで懇願するような言い方だった。

男を誘うタイプには見えない。いかにもまじめそうな女性なので、これまで夫を支えるためにがんばってきたのだろう。ところが、現在は夫婦の会話も少なく、虚しさに襲われているのではないか。

（お、俺は、どうすれば……）

隆宏は身動きできずに固まっている。ソファに座ったまま、チノパンごしにペニスをしごかれていた。

「見てもいいですか？」

静香はソファから降りると、隆宏の前にひざまずく。なにをするのかと思えば、ベルトを緩めてチノパンに手をかけた。

「ちょ、ちょっと……」

慌ててとめようとするが、静香はチノパンのボタンをはずして、ファスナーもおろしてしまう。

「今だけ……一回だけでいいの……」

切実な声だった。

先ほどは、たまにはハメをはずしたいと言っていた。まじめだからこそ、旅先では思いきり乱れたいという願望があるのかもしれない。日常から離れて、普段とは違うことをしてみたいのではないか。

「で、でも、まずいですよ」

「こんなことお願いできるの、隆宏くんだけなんです」

静香がチノパンの前を開き、ペニスの形がくっきり浮きあがったボクサーブリーフが露出した。

グレーの布地が伸びきっており、先端部分にカウパー汁の黒い染みがひろがっている。牡の獣臭《けもの》があたりに漂うが、静香はいやがるどころか、うっとりした表情で息を大きく吸いこんだ。

「ああっ、この匂い……」

「く、くさいですよ」

隆宏は困惑するが、彼女は顔を股間に寄せてくる。そして、何度も深呼吸をくり返した。

「久しぶりだから……」

静香の指が、ボクサーブリーフのウエスト部分にかかる。

「お尻、あげてください」

潤んだ瞳で懇願されると断れない。隆宏は迷いながらも、結局、尻をソファから持ちあげた。

ボクサーブリーフとチノパンがいっしょに引きおろされる。ついに勃起したペニスが鎌首を振って跳ねあがった。

「はぁっ……大きいです」

静香がため息まじりにつぶやいた。

つま先からボクサーブリーフとチノパンが抜き取られて、下半身を覆っている物はなにもなくなった。静香は膝を左右に開くと、身体をぐっと入れてくる。そして、顔を股間に寄せてきた。

「触ってもいいですか」

そう言うなり、張りつめた太幹に細い指を巻きつけてくる。軽く握られただけでも、甘い刺激がひろがった。

「ううっ」

たまらず呻き声が溢れ出す。すると、静香は前かがみになり、唇を亀頭に押し当ててきた。

「な、な、なにを……」

いきなり、ペニスの先端にキスされたのだ。

しかも亀頭は我慢汁にまみれており、ヌラヌラと光っている。それなのに、彼女は気にすることなく唇を開いていく。さらには肉の実をぱっくり咥えこみ、柔らかい唇をカリ首に密着させた。

（ま、まさか、こんなことが……）

隆宏は己《おのれ》の股間を見おろして、思わず両目を見開いた。

勃起したペニスの先端が、女性の口に収まっている。いつか経験したいと思っていたフェラチオをされているのだ。

熱い口腔粘膜が亀頭を包みこみ、トロトロの唾液にまみれていく。これだけでも快感がこみあげて、新たな我慢汁が溢れ出す。しかも、彼女はただ咥えているだけではない。唇を少しずつ滑らせて、さらに肉胴を呑みこんでいく。

「ンっ……ンっ……」

静香は睫毛をそっと伏せている。顔をゆっくり押しつけることで、ついには屹立した肉棒を根元まで口内に収めた。

「す、すごい、全部……くううッ」

腰が震えるほどの快感がこみあげる。隆宏は慌てて奥歯を食いしばると、両手の爪をソファの座面に突き立てた。

自分の股間で信じられない光景が展開されている。人妻が股間に顔を埋めているのだ。陰毛が鼻先をくすぐっているが、いやな顔ひとつすることなく、唇でペニスの根元を締めつけていた。

「ちょ、ちょっと……」

困惑する隆宏だが、静香はさらなる快楽を送りこんできた。

彼女の舌が亀頭を這いまわり、まるで飴玉のようにしゃぶられる。唾液を塗りつけては、舌先でカリの裏側までくすぐってくる。そうしている間も、唇で強弱をつけて太幹を締めつけていた。

「ま、待ってください――うううッ」

隆宏の声を無視して、静香が首を振りはじめる。

硬化した肉棒の表面に、唾液と我慢汁が塗り伸ばされていく。柔らかい唇がヌルヌル滑る感触がたまらず、もう呻くことしかできない。この世のものとは思えない快楽が脳天まで突き抜けた。

「ううッ……うううッ」

「あふっ……はむっ……あふンっ」

隆宏の呻き声と静香の鼻にかかった声が交錯する。

首を振るスピードが徐々に速くなり、急激に射精欲がふくらんだ。我慢汁が次から次へと溢れ出し、ペニスをジュルジュル吸いあげられる。唇が太幹の表面を滑るたび、快感が一足跳びに大きくなっていく。

「くううッ、も、もうダメですっ」

懸命に訴えるが、静香は首振りをやめようとしない。それどころか、さらに激しく吸茎した。

「あむううう ッ」

「うううッ、で、出るっ、出ちゃいますっ、くうううううううッ！」

とてもではないが我慢できない。隆宏は両手で彼女の頭を抱えこむと、思いきりザーメンを噴きあげた。その間も静香は首を振り、頬が窪むほどペニスを思いきり吸い立ててくる。尿道を駆け抜ける精液のスピードが加速して、凄まじい快感が湧き起こった。

「くうううううッ！」

頭のなかがまっ白になり、全身がガクガク痙攣する。

かつてこれほどの快楽を味わったことはない。フェラチオで射精するのが、これほど気持ちいいとは知らなかった。快感は驚くほど長くつづき、大量の精液を人妻の口内に注ぎこんだ。

「ンっ……」

射精の痙攣が収まるのを待って、静香が唇をゆっくりすぼめながらペニスを吐き出した。そして、喉をコクコク鳴らしながら、大量の精液を呑みくだした。

4

（ああっ、最高だ……）

隆宏はソファの背もたれに寄りかかり、絶頂の余韻を噛みしめていた。

人妻のフェラチオは、この世のものとは思えない快楽だった。精液をたっぷり吸い出されて、全身がいまだに痺れていた。

「気持ちよかったですか？」

静香が小声で尋ねてくる。

自分の大胆な行為に照れているのか、赤く染まった顔をうつむかせながら立ちあがった。

「は、はい……すごかったです」

隆宏は呆けながらも、なんとか言葉を絞り出した。

どうせならセックスしたかった気もするが、はじめてのフェラチオを体験できたので満足だ。軽い疲労感もあり、このまま眠ってしまいたかった。

「でも、まだできるでしょ?」

静香がぽつりとつぶやき、両手を背中にまわしてワンピースのファスナーをおろしはじめた。

(えっ……)

一瞬、自分の耳を疑った。

しかし、実際に彼女はワンピースを脱いで、ストッキングもおろしていく。これで女体に纏っているのは、水色のブラジャーとパンティだけになった。

花を模した女性らしいデザインの下着が艶めかしい。絞った照明の下でも、肌の白さが際立っている。乳房はカップから溢れそうなほど大きく、腰はキュッとくびれており、尻は左右にむっちり張り出していた。

「な、なにを……」

思わず女体を舐めるように見つめてしまう。

人妻の匂い立つような身体が、手を伸ばせば届く場所にあるのだ。この状況で目をそらすことなど考えられない。いけないと思いつつも、乳房の谷間やパンティに包まれた恥丘のふくらみを凝視していた。

「そんなに見られると、恥ずかしいわ……」

静香は頬を赤らめて、ブラジャーのホックをそっとはずす。そして、自分の乳房を抱くようにしながら、カップをゆっくりずらしていく。

（お、大きい……）

乳房が露になった瞬間、隆宏は心のなかでつぶやいた。

ふたつのふくらみは大きくて下膨れしている。先端で揺れる乳首は濃い桜色で、すでに硬く隆起していた。

さらにパンティに指をかけると、尻を左右に振りながらおろしていく。つま先から抜き取れば、彼女が身に纏っている物はなにもなくなった。

恥丘にそよぐ陰毛は楕円形に整えられている。長さも短めに切りそろえられているため、地肌の白さが透けていた。内腿をぴったり閉じて恥じらう姿が、いかにも普段は貞淑《ていしゅく》な人妻という感じで牡の欲望をかきたてる。

（うっ……ま、また……）

ペニスがピクッと反応して、急激にふくらんでいく。

ついさきほど射精したばかりなのに、熟れた女体を目の当たりにしたことで興奮していた。

「隆宏くん、それ……」

静香が勃起していくペニスに熱い眼差《まなざ》しを送ってくる。そして、内腿をもじもじ擦り合わせて、くびれた腰をくねらせた。

「す、すみません、つい……」

「謝らなくてもいいのよ。わたしを見て、興奮してくれたんですね」

彼女の声はどこかうれしそうだ。こうしている間にもペニスは完全に勃起して、カリが左右に張り出した。

「ああっ、すごいわ」

静香が瞳を潤ませながら歩み寄り、隆宏の隣に腰をおろす。そして、右手を伸ばしてくると、ペニスをそっと握りしめた。

「うっ……」

またしても甘い刺激がひろがり、呻き声が漏れてしまう。そんな隆宏の反応を見ながら、静香はゆるゆるとしごきはじめた。

「じつはね……夫があまり抱いてくれないんです」

淋しげな声だった。

「仕事が忙しいから仕方ないのはわかってるけど……全然……」

静香の声はどんどん小さくなっていく。

もしかしたら、セックスレスなのかもしれない。三十歳の人妻が、熟れた身体を持てあましているのではないか。そう考えると、彼女が旅先で弾けたいと思っている理由もわかる気がした。

だが、今は勃起したペニスをしごかれているほうが問題だ。またしても先走り液が溢れ出して、亀頭をぐっしょり濡らしていた。

「そ、そんなにされたら、また……」

たまらず呻くと、彼女の手がペニスからすっと離れる。

「今度は、わたしと……」

静香はソファから立ちあがると、ガラステーブルの隣で這いつくばった。毛足の長い絨毯に両膝と両手をつき、隆宏に向かって尻を向けている。そして、濡れた瞳で振り返った。

「お願いです……後ろから、してください」

せつなげな声で懇願すると、尻をさらに高々と持ちあげる。

美しい人妻が恥ずかしいポーズで挿入をねだっているのだ。そんなことまでされたら、もう見ているだけでは我慢できない。隆宏はソファから立ちあがると、彼女の背後に歩み寄った。

両膝を絨毯につき、豊満な尻を見おろした。

適度に脂《あぶら》が乗った尻たぶが艶めかしい。思わず両手を伸ばして撫でまわすと、女体がピクッと敏感そうに反応した。

「あンっ……」

静香の唇から甘い声が溢れ出す。

隆宏はますます興奮して、手のひらを尻たぶに這わせていく。なめらかな肌触りと柔らかい肉の感触に陶然となり、臀裂《でんれつ》をそっと割り開いた。

(こ、これが、静香さんの……)

生々しいピンクの女陰が現れる。すでに華蜜で濡れそぼり、ヌラヌラと妖《あや》しげな光を放っていた。

「は、早く……」

静香が待ちきれないといった感じで腰をよじる。

しかし、隆宏はまだ一度しかセックスをしたことがない。しかも、騎乗位で筆おろしをしてもらったので、バックで上手く挿入できるか自信がなかった。

(で、でも、挿《い》れたい……)

興奮は最高潮に高まっている。

勃起したペニスを膣に突きこみたい。思いきり腰を振って快楽を貪りたい。女壺の奥に精液をぶちまけたい。ふくらみつづける欲望に突き動かされて、亀頭の先端を女陰に押し当てた。

「あっ……」

静香が小さな声を漏らして、尻を微かに震わせる。

隆宏は亀頭を割れ目に密着させると、ゆっくり上下に動かした。しかし、膣口が見つけられない。愛蜜と先走り汁がまざり合い、クチュッ、ニチュッと淫らな音が響くだけだった。

「あンっ、焦らさないでください」

我慢できなくなったのか、静香が太腿の間から手を伸ばしてくる。そして、ペニスをつかむと、自ら亀頭を膣口へと導いた。

（こ、ここか……）

亀頭の先端がわずかに沈みこむ感触がある。このまま押し進めれば、挿入できるに違いない。隆宏はくびれた腰をつかむと、腰をぐっと突き出した。

「ああぁっ」

ペニスの先端が膣にはまりこみ、静香が甘い声を響かせる。

（は、入った……）

膣襞の熱気が亀頭に伝わってくる。だが、フェラチオで射精しているので、まだ余裕があった。

けた。

「き、来て……もっと来てください」

静香がたまらなそうにおねだりする。隆宏はうながされるまま、さらに腰を押しつけた。

「はあっ」

ペニスが根元まで入ると同時に、女体が大きくのけぞった。静香は喘ぎ声をあげて、両手で絨毯を強く握りしめた。

「ひ、久しぶりなの……ゆ、ゆっくり……」

かすれた声でつぶやくが、膣のなかはウネウネと蠢いている。ペニスを咀嚼するように蠕動《ぜんどう》して、次から次へと快楽を送りこんできた。

「ううっ、す、すごい……」

隆宏は低い呻きを漏らすと、さっそく腰を振りはじめる。快感が強すぎて欲望を抑えられない。いきなり力強いピストンになってしまう。

「し、静香さんっ……おおおっ」

「ダ、ダメっ、ゆっくり……ああッ」

口ではダメと言いながら、静香も感じているのは間違いない。膣の締まりが強くなり、喘ぎ声も大きくなっている。だが、ここはカラオケルームなので防音に関しては問題なかった。

（まさか、こんなこと……ああっ、最高だ）

隆宏は興奮にまかせて腰を振りまくる。

人妻がバックで貫かれて感じているのだ。己のペニスで悶えていると思うと、ますますピストンに力が入った。

「おおッ……おおおッ」

「あッ……あッ……は、激しいっ」

静香は髪を振り乱し、快楽に溺れていく。ペニスを抜き差しするたび、腰を淫らにくねらせた。

「ううッ、き、気持ちいいっ」

膣がさらに収縮して、太幹が締めつけられる。早くも射精欲がふくれあがり、隆宏は呻きながら腰を振りまくった。

「ああッ、い、いいっ、あああッ」

静香の喘ぎ声も高まっていく。

彼女が感じてくれているとわかるから、隆宏もますます興奮する。がむしゃらに腰をぶつけて、ペニスをグイグイ出し入れした。

「ううッ、も、もうダメですっ」

限界が迫り、たまらず呻きながら訴える。

まう。

濡れ襞が太幹にからみつき、奥へ奥へと引きこんでいく。締まりも強烈で、射精欲を煽《あお》り立ててきた。強烈な快感が湧き起こり、自然とピストンスピードがあがってし

「は、激しいっ、あああッ、わたしも、気持ちいいですっ」

静香も腰をくねらせて感じている。両手で絨毯をつかみ、さらなる挿入を求めるように尻をグイッと突き出してきた。

「くううッ、す、すごいっ」

ペニスが深い場所まで埋まり、膣口で根元を締めあげられる。懸命に射精欲をこらえるが、もういつ暴発してもおかしくない。

隆宏は彼女の背中に覆いかぶさると、両手をまわしこんで乳房を揉みあげる。双つのふくらみに指をめりこませては、こってりこねまわす。先端で揺れる乳首を摘まみあげれば、膣の締まりがますます強くなった。

「そ、そこ、弱いの、あああッ」

「ううッ、き、気持ちいいっ、くううッ、もう出ますっ」

「い、いいのっ、出してっ、いっぱい出してっ」

静香も快楽に溺れて喘ぎ声を振りまいた。その声が引き金になり、ついに射精欲が限界を突破した。

「おおおおッ、で、出るっ、出る出るっ、くおおおおおおおッ！」

腰を思いきり打ちつけて、ペニスを根元までたたきこむ。頭のなかがまっ白になり、獣のような唸り声を振りまいた。

無数の膣襞が太幹に這いまわることで、打ち寄せる波のように快楽が連続して押し寄せた。快感が爆発的にふくれあがり、ついに精液がドクドクと噴きあがる。背後から女体をしっかり抱きしめて、唸りながら欲望を注ぎこんだ。

「はあああッ、き、気持ちいいっ、わたしも、ああッ、あああああああッ！」

隆宏の絶頂に引きずられるように、静香もよがり泣きを響かせる。背中が弓なりに仰《の》け反り、女壺が猛烈に収縮した。

「くうううッ」

もう、まともな言葉を発することができない。

射精中のペニスを絞りあげられて、さらなる愉悦が押し寄せる。全身が蕩けてしまいそうな快楽だ。フェラチオで大量に吸い出されたのに、またしてもザーメンをたっぷり放出した。

静香が力つきて、絨毯の上でうつ伏せになる。隆宏も折り重なるようにして、そのまま倒れこんだ。

もう、なにも考えられない。

絶頂の余韻が色濃く漂っている。クルーズ船のカラオケルームに、ふたりの乱れた息づかいだけが響いていた。

第三章　バルコニーで淫戯

1

クルーズ船の旅は、三日目の朝を迎えていた。

昨夜は人妻の静香に誘われて、一夜限りの関係を持った。今にして思うと、夢だった気もしてくる。普段の生活だったら人妻に声をかけられることなどまずない。船旅が女性を開放的にさせるのだろうか。

カラオケルームですべてが終わったあと、しばらく呆けていた。ようやく我に返ると、静香に別れを告げて急いで部屋に戻った。

エステに行った結衣は、まだ帰っていなかった。隆宏は急いでシャワーを浴びて、セックスの痕跡を洗い流した。結衣とつき合っているわけではないが、いっしょに旅行しているので、バレるのは気まずかった。

バスルームから出ると、ちょうど結衣が戻ってきた。思いきって最上級のコースを選んだため、思った以上に時間がかかったようだ。

おかげで隆宏は助かった。船内をブラブラしてから部屋に戻り、風呂にゆっくり浸かっていたことにした。

一方で、はじめてのエステを体験した結衣はご機嫌だった。

フェイシャルマッサージにボディマッサージだけでも、二時間かかるらしい。さらには足つぼマッサージとネイルケアもあり、合計三時間以上もエステサロンにいたという。

「ほら、見て見て」

結衣が両手を差し出してくる。爪には愛らしいピンクの装飾が施されていた。

「おおっ、いいじゃん」

隆宏は人妻とセックスした後ろめたさを胸の奥に押しこみ、無理をして笑みを浮かべた。

「えへへっ、かわいいでしょ。顔もちょっと小さくなったと思わない？」

「どれどれ」

「フェイシャルマッサージって、小顔効果があるんだって」

「おおっ、確かに小さくなった気がするぞ」

話を合わせて驚いてみせると、結衣はその場で小さくジャンプして喜んだ。

そして、具体的にどんな施術をしたのか報告してくれた。だが、慣れないことで疲れたらしく、しばらくすると欠伸《あくび》を連発しはじめた。船内の散策は明日やることにして横になった。

そして、先ほどふたりは目を覚ましたところだ。

今、結衣はシャワーを浴びている。このあと朝食を摂り、それから船のなかを見てまわる予定になっていた。

クルーズ船の旅で、すでにふたりの女性と身体の関係を持った。童貞を卒業して経験を積むことができたのに、なぜか胸の奥がもやもやする。結衣に話すことができないのが心苦しかった。

「お待たせ」

結衣がバスルームから出てきた。

すでに着替えをすませており、白いブラウスにレモンイエローのフレアスカートという格好になっている。爽やかな服装が新鮮でかわいらしい。いつもの元気な感じは抑えめで、清らかな雰囲気が漂っていた。

（今日も、なかなか……）

思わずじっと見つめてしまう。

前からかわいかったが、この旅に出てから、さらに磨きがかかっていた。エステや服装の効果もあると思うが、それだけではない気がする。

「なにじろじろ見てるの？」

結衣が不思議そうに首をかしげる。そして、すぐに微笑を浮かべて、その場でクルリとまわった。

「このスカート、かわいいでしょ」

「う、うん、そうだな……」

隆宏は慌てて視線をそらすと、ベッドから起きあがる。

「飯、食べに行こうぜ」

なんでもないフリをしてドアに向かう。すると、結衣は弾むような足取りでついてきた。

十一階のレストランで、ビュッフェの朝食をゆっくり楽しんだ。

食事を終えると、結衣がまだ行っていない六階に向かった。隆宏は昨夜、ひとりでバーに行ったが、そのことは話していない。だから、はじめてのフリをしなければならなかった。

エレベーターを六階で降りて、さまざまな施設を見ながら歩いていく。この階には映画館や劇場、さらにはダーツやビリヤード場もある。カジノではルーレットやスロットマシンなどを楽しめるが、この船は日本船籍のためチップやコインを金品に換えることはできない。代わりに記念品が用意されているという。

お土産物《みやげもの》屋やセレクトショップもある。まるでショッピングモールのようだ。気を抜くと、船のなかだということを忘れそうだった。

バーの前を素通りすると、カラオケルームが見えてくる。昨夜、人妻の静香と身体を重ねた場所だ。早く通りすぎたいと思ったせいか、隆宏の歩調は無意識のうちに速くなっていた。

「あっ、カラオケもあるよ」

結衣が反応してしまう。そして、瞳を輝かせて隆宏の顔を見つめてきた。

「カラオケは東京にいくらでもあるだろ。ほかのにしようぜ」

昨夜の記憶が色濃く残っているので、カラオケルームには入りたくない。楽しめないのはわかりきっていた。

「そうだね。じゃあ、どうしようかな」

あっさりカラオケをあきらめてくれたのでほっとする。迷ったすえに、結衣はビリヤードを選んだ。

「いいけど、俺、やったことないよ」

「わたしもないよ。だから、やってみたいの」

ふたりとも未経験だが、思いきってビリヤード場に行ってみる。

受付のスタッフに初心者だと告げると、基本的なキューの握り方から丁寧に教えてくれた。

昼食は十一階のレストランで摂った。名物だというハンバーガーに舌鼓《したつづみ》を打ち、喫茶室でコーヒーとチーズケーキを食べた。

腹を満たしたことで少し眠くなったが、せっかくクルーズ船に乗ったので休んではかりはもったいない。船内の散策を再開して、ふたりで甲板を歩き、太平洋をバックに写真を撮ったりして遊んだ。

「今、どの辺を進んでるんだろうね」

結衣が甲板の手摺をつかみ、海を眺めながらつぶやいた。

心地よい海風が吹き抜けて、黒髪がサラサラとなびいている。日の光に照らされた横顔が眩《まばゆ》く輝いていた。遠くを見つめる瞳が大人びており、思わず見惚れそうになってしまう。

「明日は函館《はこだて》に寄港するから、今は岩手県あたりかな」

隆宏は視線をそらして、海の彼方《かなた》を見やった。

「いったん、部屋に戻って休憩するか」

「うん。今日は船上パーティがあるしね」

結衣が声を弾ませる。

今夜は船内の宴会場で立食パーティが開催されるのだ。結衣はこのイベントをとくに楽しみにしていた。

2

隆宏は落ち着かない気持ちで、バスルームの壁に取りつけられた鏡に自分の姿を映していた。

今夜の立食パーティにはドレスコードがあり、フォーマルな服を着ることになっている。結衣も隆宏も、この日のためにそれぞれ服を用意していた。

隆宏はレンタルしてきた黒のタキシードにベスト、それに蝶ネクタイを締めている。慣れない格好なので、これが正解なのかわからない。どこかおかしなところがあっても、自分では気づけないのが怖かった。

(これで人前に出るのかよ……)

鏡に映った自分を見ていると、だんだん恥ずかしくなってくる。

「タカちゃん、もういいよ」

結衣の声が聞こえた。

どうやら、ドレスに着替え終わったらしい。しかし、隆宏は似合わないタキシードを笑われるのがいやで、ドアを開けるのを躊躇した。

「まだ着替えてないの？」

再び結衣が声をかけてくる。

もうすぐパーティがはじまる時間だ。恥ずかしさをこらえると、思いきってドアを開けた。

「おおっ……」

そこに立っていた結衣の姿を目にして、隆宏は思わず唸った。

「ちょっと恥ずかしいけど……どうかな？」

結衣は控えめな笑みを浮かべると、その場でゆっくり一回転した。

女体に纏《まと》っているのは、艶《つや》感のあるピンクのロングドレスだ。タイトなデザインのため、身体のラインがくっきり浮き出ている。乳房のまるみと腰のくびれ、尻のプリッとした形もはっきりわかった。

しかも、デコルテ部分の布地はシースルーで、白い地肌が透けている。そして、なによりスカート部分に深いスリットが入っており、左脚が太腿の付け根近くまでのぞいていた。

（こ、これは……）

衝撃が大きすぎて、すぐに言葉を発することができない。

結衣がこれほど大人っぽいドレスを選んだことに驚かされる。とくにスリットから露出している脚が色っぽくて、思わず見つめてしまう。踵《かかと》が高いパンプスを履いているので脚が長く感じた。

「悪くない……でしょ？」

結衣がうながすように尋ねてくる。

見つめられて羞恥がこみあげたらしい。腰をくねらせると、ドレスがタイトなだけに女体の動きが艶《なま》めかしかった。

「い、いいよ」

隆宏は小声でつぶやいた。

悪くないどころか、よく似合っている。結衣のかわいさが、ドレスによって際立っていた。

「えっ……今、なんて言ったの？」

「な、なんでもねえよ」

思わずそっぽを向いて吐き捨てる。

つい勢いで言ってしまったが、女性を褒めるのは照れくさくて苦手だ。本心では似合っていると思っても、もう口にはできなかった。

「ありがとう」

結衣のつぶやく声が聞こえた。

隆宏が視線を戻すと、結衣は肩をすくめて照れ笑いを浮かべる。その顔が見惚れるほど魅力的だった。

「タカちゃんが褒めてくれるなんて……」

結衣の頬は赤くなっている。

たったひと言でも、褒められたのがうれしかったらしい。満面の笑みを浮かべて喜ぶ姿が眩しく感じられた。

これまでも服や髪形がいいと思ったことは何度もある。だが、照れくさくて口にしたことはない。こんなに喜んでくれるのなら、普段から伝えるべきだろう。そう思っても、なかなか言えるものではなかった。

「タカちゃんも、いいと思うよ」

ふいに結衣が声をかけてくる。

「タキシード、似合ってる」

「よ、よせよ……」

恥ずかしさに顔が熱くなる。結衣のドレスを見た瞬間、自分がタキシードを着ていることを忘れていた。

「ほんとだよ。カッコいいよ」

結衣が褒めてくれるのはめずらしい。恥ずかしいだけではなく、うれしさもこみあげてきた。

「あ、ありがとう……」

隆宏が礼を言うと、ふたりは思わず笑顔になった。

「じゃあ、行くか」

「うん……」

素直にうなずく結衣が、ますますかわいく感じた。

十一階にあるパーティ会場に向かった。フォーマルで決めているせいか、いつもと気分が違っている。自然と距離が近くなり、廊下を歩きながら肩と肩がときおり触れ合った。

宴会場には、すでに大勢の乗客が集まっていた。

男性の服装は似たようなものだが、女性は華《はな》やかだ。ドレスで着飾っており、非日常的な気分を楽しんでいた。

「みんな、きれいだね。気後れしちゃう」

結衣がぽつりとつぶやき、顔をうつむかせる。

なにしろ、ここはクルーズ船のパーティ会場だ。下町の団子屋の娘が、周囲の雰囲気に圧倒されるのは当然のことだった。

「大丈夫だよ」

すかさず声をかけた。気後れする必要はない。実際、この会場にいる誰よりも、結衣は輝いて見えた。

「ほんと？」

結衣が自信なさげな瞳で見つめてくる。

そんな姿が愛らしくてたまらない。これまで、幼なじみに対して抱いたことのない感情が芽生えていた。

「まわりをよく見てみろよ。たいしたのいないだろ」

素直に結衣を褒めればいいのだが、そんな言い方しかできない。そんな自分に苛立《いらだ》ちを覚えた。

「ふふっ、ありがとう」

結衣はほっとしたのか、うれしそうな笑みを浮かべる。隆宏のぶっきらぼうな言葉でも、多少は助けになったのだろうか。

「タカちゃん、あのさ……」

再び結衣が語りかけてくる。だが、歯切れが悪い。いったい、なにを逡巡しているのだろうか。いったん言葉を切ると、意を決したように口を開いた。

「あとで、わたしと踊ってくれない？」

まさかの言葉だった。

思わず見つめると、結衣は恥ずかしげにもじもじする。ダンスの時間があるのはパンフレットで知っていた。しかし、立食パーティに参加するだけで、踊ることまでは考えていなかった。

（俺と結衣が、ダンス……）

まったく予想外の展開だ。

どういうつもりで、ダンスに誘ったのだろうか。隆宏は気が置けない幼なじみのことを、女性として意識しはじめている。こんな感情を持っていいのかわからず、内心、激しくとまどっていた。

「ねえ、ダメかな？」

頬をピンクに染めて上目遣《うわめづか》いに見つめてくる。はじめて目にする結衣の姿に、胸の鼓動が急激に高まった。

「お、おう……いいよ」

隆宏はぎこちなくうなずいた。

すると、結衣はほっとしたような笑みを浮かべて顔をうつむかせる。隆宏は平静を装うのに精いっぱいだった。

「の、喉が乾いたな。なにか飲み物を取ってくるよ」

緊張したせいか、喉がカラカラになっている。それに、いったん気持ちを落ち着かせたかった。

「わたし、待っててていいの？」

「持ってきてやる。そのテーブル、空いてるみたいだな」

近くのテーブルに結衣を導いた。

「ここを動くなよ」

「うん、お願いね」

結衣が笑顔で手を小さく振ってくれる。それが恥ずかしくもうれしくて、隆宏は顔が熱くなるのを自覚した。

パーティは立食形式になっている。多くの人で混雑するなか、かきわけるようにして進んでいく。そして、ようやく軽食やドリンクが置かれた大きなテーブルにたどり着いた。

（おっ、たくさんあるな）

すぐにドリンクコーナーが見つかった。

白いテーブルクロスがかかった一角に、さまざまなドリンクが置いてある。ビールやウイスキー、ワインなどのアルコール類のほかに、お茶やジュースなども豊富にそろっていた。

あとでダンスを踊るので、ノンアルコールのほうがいいだろうか。いや、羞恥心をごまかすために、少しアルコールを入れるという手もある。

（別に、残したっていいんだよな）

幼なじみとダンスを踊ると思うと、素面《しらふ》では恥ずかしい。少しだけ酒を飲んだほうが、上手くいく気がした。

自分用にウイスキーの水割りと、結衣用に梅酒を持っていくことにする。両手にグラスを持ち、結衣が待つテーブルに向かって歩きはじめる。

先ほどよりも人が増えており、歩くのに気を使う。両手の酒をこぼさないように、なおかつ人にぶつからないように注意する。人波の向こうにドレス姿の結衣がチラチラ見えた。

（あと、もう少しだ）

そう思った直後、誰かにぶつかってしまう。

「あっ、すみません」

慌てて謝罪するが、左手に持ったグラスから水割りがこぼれている。しかも、女性の赤いドレスを濡らしていた。

（や、やばい……）

一瞬で血の気が引いていく。きっと高価なドレスに違いない。恐るおそる顔をあげると、そこにはワイングラスを手にした女性が立っていた。

マロンブラウンの髪が大きくカールして、肩にふんわりとかかっている。首もとには真珠のネックレスをつけており、いかにもセレブといった感じだ。三十代後半くらいだろうか。どこか妖艶《ようえん》な雰囲気を纏った大人の女性だった。

赤いドレスは胸から上が大胆に露出している。身体にフィットするタイトなロングドレスで、艶めかしい曲線がはっきり浮き出ていた。

「お怪我はありませんか？」

女性が穏やかな声で語りかけてくる。

ドレスが汚れてしまったのに慌てる様子はない。それどころか、隆宏のことを気にかける余裕がある。

「俺のことより、ドレスが……」

スカート部分に染みができている。すぐに手入れをしないと、落ちなくなるのではないか。確か、船内にもクリーニングのサービスがあったはずだ。

「本当にすみません。急いで洗えば落ちるかもしれないので……もちろん、クリーニング代は俺が……」

「いいのよ。気にしないで」

隆宏の申し出を彼女はやんわりと拒絶する。

「でも、このままだと……」

謝罪だけで立ち去るのは申しわけない。隆宏が逡巡していると、彼女が柔らかい笑みを浮かべた。

「それなら、お詫びにわたしと踊ってくださらない？」

思ってもみない言葉だった。

そのとき、照明が絞られてムーディな曲が流れはじめた。ダンスの時間になったらしい。人々がよけて、ホールの中央に空間ができる。そこには最初からテーブルもなく、踊るための場所が確保されていた。

さっそく老夫婦が踊りはじめる。すると、数組のカップルがつづいた。身体を密着させて、音楽に合わせてゆったり揺れている。照れている人もいるが、みんな楽しそうに踊っていた。

人波の向こうに結衣の姿を探す。チラチラと見える顔は不安げだ。隆宏が戻らないので心配しているのだろう。あたりをキョロキョロと見まわしていた。

「踊りましょう」

赤いドレスの女性が、隆宏の手からグラスを取り、近くのテーブルに置く。そして、腕を引いてホールの中央に連れ出した。

「お、俺、こういうのはじめてなんです」

隆宏はすっかり気後れしている。すると、彼女が身体をすっと寄せてきた。

「大丈夫、わたしに合わせて」

ゆったり身体を揺らしている。隆宏はわけがわからないまま、彼女に合わせて動いていた。

「こ、こうですか」

片手を彼女の腰にまわして、もう片方の手を取り合っている。極度の緊張で、全身の毛穴から汗が噴き出していた。

「いいわ、上手よ」

顔が近いため、彼女がささやくと甘い吐息が鼻先をかすめる。それによって、ますます緊張感が高まっていた。

「まだ名前を聞いてなかったわね。わたしは――」

彼女は桂木《かつらぎ》貴子《たかこ》と名乗った。

「お、俺は――」

なにやらおかしなことになってきた。とにかく、隆宏も名前を告げると、貴子は目を細めてうなずいた。

「隆宏くんね。よろしく」

「こ、こちらこそ……よろしくお願いします」

よくわからないまま、とにかく挨拶を返す。

すると、貴子は身体をさらに寄せてくる。腰をぐっと抱き寄せられて、スラックスの股間が彼女の下腹部に密着した。柔らかい女体の感触が伝わり、ペニスがズクリッと疼《うず》いてしまう。

「ち、近すぎませんか」

「ダンスってこういうものよ」

貴子が耳もとでささやいてくる。

きっと彼女は踊り慣れているのだろう。そう言われて周囲を見まわすと、確かにみんな密着していた。

（でも、みんな夫婦かカップルだよな……）

そう思ったとき、ふと疑問が湧きあがった。

貴子は誰と旅行をしているのだろうか。余裕のある生活を送っているように見えるので、社長夫人とかかもしれない。

「あの……俺なんかと踊って大丈夫なんですか？　お連れの方は……」

夫がいっしょにいるのなら、気を悪くするのではないか。隆宏が尋ねると、貴子は淋しげな笑みを浮かべた。

「ひとりだから……夫は三年前に……」

夫を病気で亡くしているという。つらいことを思い出したのか、貴子の声はどんどん小さくなってしまう。

「すみません、よけいなこと聞いちゃって……」

「いいのよ。夫は亡くなってしまったけど、わたしがひとりで生きていけるだけのものを遺《のこ》してくれたの」

そう言って微笑を浮かべるが、無理をしているように見えた。

実業家だった夫が遺した遺産で、悠々自適の暮らしを送っているという。だが、どこか淋しげな感じが漂っていた。

「隆宏くんは、誰と来てるの？」

「俺は幼なじみと——」

そう言いかけて、結衣のほうに視線を向ける。すると、結衣もこちらをじっと見つめていた。

遠目にも瞳に涙を滲ませているのがはっきりわかる。表情はむっとしており、怒っているのは明らかだ。隆宏が見知らぬ女性と踊っているのを見て、機嫌を損ねたのは間違いない。

「ちょっと、すみません」

隆宏は慌てて貴子から離れると、結衣のもとに駆けつけた。

「結衣――」

「わたしと踊るって約束したのに」

口調は強いが、怒鳴るわけではない。結衣が本気で怒っているときの特徴だ。にらみつけてくる瞳は涙ぐんでいた。

「違うんだ。聞いてくれ」

「聞く必要なんてないよ。だって、見ちゃったもん。その人と踊ってるところ」

結衣にそう言われて振り返る。すると、隆宏の背後に、困った顔をした貴子が立っていた。

「誤解だって――」

向き直って言おうとしたとき、すでに結衣はその場にいなかった。

「あれ？」

あたりを見まわして姿を探す。すると、結衣は宴会場から小走りで出ていくところだった。

慌てて追いかけるが、人が多くて走れない。なんとか宴会場から出ると、すでに結衣の背中は小さくなっていた。

懸命にあとを追うが、結衣は先にエレベーターに乗ってしまう。七階でとまったので、部屋に戻ったに違いない。早く追いつきたくて、無駄だとわかっていてもエレベーターのボタンを連打した。

エレベーターに乗ると、責任を感じたのか貴子もついてくる。七階で降りるが、すでに結衣の姿は見えなかった。

自分たちの部屋の前についたとき、キーを持っていないことを思い出した。荷物を減らすために結衣のキーだけを持って出たのだ。

「結衣、開けてくれ」

ドアをノックして声をかける。

「誤解なんだ。話を聞いてくれよ」

懸命に語りかけるが返答はない。その代わりに、なにかがドアにぶつかる音が聞こえた。おそらく、怒りのあまりにパンプスを投げつけたのだろう。

「結衣……」

隆宏の声は消え入りそうなほど小さくなった。

これ以上、ノックをしても意味はない。結衣が頑固なのは、誰よりも隆宏がよく知っている。今、粘っても、よけいに怒らせるだけだ。思わず肩を落として、がっくりとうなだれた。

「わたしのせいで、ごめんなさい」

背後から貴子の声が聞こえるが、隆宏に答える余裕はない。すると、彼女は肩をやさしく抱いてくれた。

3

「今夜はわたしの部屋に泊まってね」

貴子が申しわけなさそうに語りかけてきた。

今、隆宏は彼女の部屋にいる。十階にあるロイヤルスイートだ。全四百五十室のうち、たった四部屋しかない最高級グレードの部屋だった。

もちろん、隆宏たちが泊まっているスタンダードとは、なにからなにまで違っている。リビング、ベッドルーム、バスルームがそれぞれ独立しており、それぞれの部屋がとにかく広い。しかも、専用のバルコニーもあって、テーブルとベンチがある。海を見ながらのんびりできる仕様になっていた。

隆宏はリビングのソファに腰をおろしていた。

足もとにはペルシャ絨毯が敷かれている。ローテーブルやサイドボードなどは、アンティーク調の高級感あるものだ。大画面のテレビがあり、棚には洋酒がたくさん並んでいる。天井からはシャンデリアが吊られていた。

しかし、今は高級な部屋に感動している場合ではない。結衣は完全に機嫌を損ねてしまった。部屋に入れてくれないのだから、かなり怒っているのは間違いない。ドアごしに呼びかけても、まったく返事をしてくれなかった。

（まいったな……）

隆宏はソファに座り、顔をうつむかせている。ペルシャ絨毯の一点をじっと見つめていた。

長いつき合いなので、結衣の性格はよくわかっている。こういうとき、こちらからいくら歩み寄ろうとしても、無駄に怒らせるだけだ。焦って仲直りしようと思っても、よけいにこじれるのは目に見えていた。

とりあえず、ほとぼりが冷めるのを待ったほうがいい。時間が経てば、彼女の怒りも少しは落ち着くはずだ。そのとき、あらためて事情を説明して、誠心誠意、謝るしかない。

（でも、さっきのは……）

胸にうちに不安がひろがっている。

先ほどの結衣は、これまで見たことがないほど怒っていた。瞳に涙をいっぱい溜めてにらむ顔が頭から離れない。早く事情を説明して、いっしょにダンスを踊らなかったことを謝りたかった。

って いた。

「これでも飲んで」

貴子がテーブルにグラスを置いてくれる。グラスのなかには氷と琥珀《こはく》色の液体が入っていた。

「ウイスキーよ。飲めるでしょ?」

そう言うと、貴子は隣に腰かけた。

彼女の手にも、ウイスキーが入ったグラスがある。パーティー会場で隆宏がウイスキーの水割りを持っていたので、飲めると思ったのだろう。

「すみません……」

グラスを手に取ると、ウイスキーをぐっと飲んだ。

喉から食道にかけてが、カッと熱く焼けていく。しかし、アルコールのむわっとする感覚がほとんどない。こういうのを、まろやかというのだろうか。豊潤ななかに甘みさえ感じられた。

「あれ?」

思わずグラスをまじまじと見つめる。

隆宏の知っているウイスキーとはまるで違っていた。もしかしたら、別の酒なのではないか。そんな隆宏の疑問に答えるように、貴子が静かに語りかけてきた。

「山崎の二十五年ものよ。熟成されているから、アルコールが立ってないでしょう」

「これが、山崎……」

名前は聞いたことがある。高級な国産ウイスキーという認識だ。二十五年ものというのが、どれくらいすごいのかはわからない。だが、この飲みやすさが、きっと熟成されているということなのだろう。

「おいしいです」

「悪いことしちゃったから、好きなだけ飲んでね」

貴子はそう言って、グラスにウイスキーを注いでくれる。そして、彼女は自分のグラスにもウイスキーを入れた。すでにロックを飲みほしたらしい。酒がかなり強いのかもしれない。

「桂木さんが悪いわけじゃないんで……」

「わたしが、先に確認するべきだったわ。自分が独り身だから、つい気軽に誘ってしまったの。ごめんなさいね」

「謝らないでください。そもそも、結衣はただの幼なじみなんで……」

自分の言葉が頭のなかで反響する。

そう、自分たちはつき合っているわけではない。幼なじみの腐れ縁だ。福引きでクルーズ船の旅が当たったので、いっしょに旅行しているにすぎない。ただそれだけの関係だ。

「でも、彼女……結衣ちゃんのほうは、どう思ってるのかしら？」

貴子が穏やかな声でつぶやいた。

いったい、どういう意味だろうか。隆宏は思わず隣を向いて、彼女の顔をじっと見つめた。

「ただの幼なじみとは思っていないかも……」

なにやら意味深な言い方だ。隆宏は思わず前のめりになってしまう。

「それって、どういうことですか？」

「あんなに怒るってことは、特別な感情があってもおかしくないわね」

貴子の言葉が胸に響いた。

確かに、今日の結衣を思い返すと、いろいろと不思議な点がある。急にダンスを踊りたいと言ってきたのもそうだし、先ほどの怒り方も不自然だ。

（でも……）

今ひとつピンと来ない。

仲がいいのは間違いないが、結衣がそれ以上の関係を望んでいるとは、どうしても思えなかった。

「納得してない顔ね。これでも恋愛経験、豊富なのよ」

貴子はふたりのグラスにウイスキーをつぎ足しながらつぶやいた。

「若いころはモテたんだから」

「今でもおきれいです」

隆宏はすかさず口を挟んだ。

女性を褒めるのは、もともと得意ではなかったが、自然と口が動いていた。それというのも、結衣のドレス姿を褒めたのがきっかけかもしれない。

「お世辞でも、若い男の子にそう言ってもらえるとうれしいわ」

貴子が淋しげな笑みを浮かべた。

「お世辞じゃないですよ」

ついむきになって反論してしまう。

お世辞で言ったわけではない。本気でそう思っているからこそ、ほとんど無意識のうちに口走っていたのだ。

「ありがとう。うれしいけど、わたし、もう三十八よ」

貴子は自ら年齢を明かすと、ウイスキーをひと口飲んだ。

三年前に夫を亡くしたと言っていたので、三十五歳の若さで未亡人になったことになる。それから、ずっと独り身を貫いているのだろうか。

「桂木さんなら、モテそうな気がしますけど……」

「隆宏くんは、やさしいのね」

柔らかい笑みを浮かべているが、瞳の奥には一抹の淋しさが見え隠れしていた。

「夫のことが忘れられなくて……だから、ずっとひとりなの」

亡くなった夫のことを、心から愛していたのだろう。だから、次の恋に踏み出すことができないのではないか。

「でも、ときどき……」

貴子はぽつりとつぶやき、腰を微かにくねらせた。

（な、なんだ？）

思わず女体を凝視してしまう。

タイトなドレスを着ているため、身体の曲線が生々しく伝わってくる。くびれた腰が左右にくねるのが色っぽい。たっぷりした乳房が柔らかく弾み、ドレスのなかで内腿を擦り合わせるのもわかった。

（み、見ちゃダメだ……）

おかしな気分になりそうで、隆宏は理性の力を総動員して視線をそらした。そして、グラスに残っていたウイスキーをぐっと飲んだ。

「そんなに飲んで、大丈夫？」

さすがに心配になったのか、貴子が顔をのぞきこんでくる。

「ちょっと、酔っちゃいました」

実際のところ、酒に酔ったのか、それとも雰囲気に酔ったのかわからない。とにかく、頭がクラクラしているのは事実だった。

「それじゃあ、お風呂に入ってらっしゃい。そのほうが、ぐっすり眠れるから」

貴子が風呂に入るように勧めてくれる。

遠慮しようかと思ったが、ベッドを借りるなら汗を流すのが礼儀かもしれない。お言葉に甘えて、バスルームに向かった。

「バスタオルは棚にあるのを使ってね。ジャグジーになってるから、ゆっくり浸かるといいわ」

貴子は簡単に説明すると、リビングに戻っていく。

脱衣所に残された隆宏は、唖然として周囲を見まわした。壁と天井は大理石で、洗面台はふたつもある。アメニティはすべて高級ブランド品だ。とにかく広々としており、バスルームはガラス張りになっていた。

(すごいな……)

さすがはロイヤルスイートだ。

当たり前だが、スタンダードとはまるで違う。あちらのバスルームは、ビジネスホテルのユニットバスのような感じで、トイレもいっしょになっているタイプだ。しかし、ロイヤルスイートは当然ながら独立していた。

こんなに豪華な風呂だと知っていたら遠慮していたかもしれない。だが、今さらやめるのもおかしいので、タキシードを脱いで裸になる。そして、ガラスドアを開いてバスルームに足を踏み入れた。

洗い場の床は滑りにくい磁器タイルで、壁と天井は大理石だ。奥にジャグジーバスがあり、大きな窓がついている。昼間なら、浴槽につかりながら大海原を望めるというわけだ。浴槽の隣にはドアがあり、そこから専用バルコニーに出入りできるようになっていた。

さっそく洗い場でシャワーを使い、汗を流していく。

備えつけのボディソープは、いかにも高級そうな香りがする。シャンプーもいい香りがして、自分にはもったいない気がした。

体と頭を洗うと、ジャグジーバスに入ってみる。湯加減はちょうどよくて、長時間ゆっくり浸かっていられる感じだ。

浴槽の縁にあるボタンを押してみる。とたんに浴槽の底と側面から、泡が勢いよく噴き出した。

（へえ、こんな感じなんだ）

ジャグジーはこれが初体験だ。

気泡が全身に当たるのがくすぐったいが、マッサージされているような気にもなってくる。しばらく浸かっていれば、疲れが取れるかもしれない。なにより豪勢な気分になって、リラックスできるのがよかった。

（桂木さんって、本当に金持ちなんだな）

ロイヤルスイートに泊まるには、いくらかかるのだろう。

つい下世話なことを考えてしまう。なにしろ、隆宏は福引きで当たったから、クルーズ船に乗れただけだ。それがなければ、こんな豪華な船旅をするなど考えることもなかった。

（でも、淋しそうだったよな……）

若くして未亡人になった貴子が気の毒でならない。

彼女ほどの美貌の持ち主で、しかも性格も穏やかでやさしいとなれば、アタックしてくる男はいくらでもいるだろう。だが、亡き夫を忘れられないので、新しい恋に進めないのだ。

お金があっても幸せとは限らない。傍目（はため）には優雅に見えるが、彼女は独り身で淋しい思いをしていた。

（なんか、気の毒だなぁ）

ジャグジーに浸かって、ぼんやりそんなことを考える。はっとして視線を向けると、そこには貴子の姿があった。

4

（なにやってるんだ？）

隆宏は不思議に思いながら、貴子の姿をガラスごしに見つめた。

視線に気づかないはずはないだろう。だが、貴子はこちらに背中を向けて、ドレスを脱ぎはじめる。両手を後ろにまわしてファスナーをおろすと、ドレスを引きさげて足から抜き取った。

「えっ……」

思わず小さな声を漏らしてしまう。

だが、その声は貴子に届いていない。ストッキングも脱ぐと、女体に纏っているのは黒のブラジャーとパンティだけになる。さらには背中を向けたままホックをはずして、ブラジャーも取り去った。

（ちょ、ちょっと……）

隆宏はわけがわからないまま、熟れた女体から目を離せなくなっていた。

貴子の細い指がパンティにかかり、じりじりおろしていく。こちらに背中を向けて前かがみになるため、自然と尻を突き出す格好になる。脂が乗ったむっちりとした尻が強調されて、思わず目を見開いて凝視した。

尻たぶは白くて艶々しており、柔らかそうに揺れている。搗《つ》き立ての餅を思わせる美臀だ。尻の割れ目が深くて、その奥にある物を想像せずにはいられない。

隆宏は何度も生唾を飲みこみ、臀裂をじっと見つめていた。

パンティが太腿の上を滑り、すらりとしたふくらはぎを通過する。貴子は片足ずつ持ちあげて、パンティをつま先から抜き取った。

これで女体に纏っている物はなにもない。貴子は生まれたままの姿になると、乳房と股間を手で覆い隠して、ゆっくりこちらを振り返った。自分の意志で脱いでおきながら、恥ずかしげに視線を落としている。そんな憂《うれ》いを帯びた表情が、牡の欲望を煽り立てた。

（な、なにを……）

隆宏は指一本動かせなかった。

なにが起きているのかさっぱりわからない。脱衣所に立っている未亡人の姿を、ただ呆然と見つめていた。

貴子がうつむいたままガラス戸を開けて、バスルームに入ってくる。そして、ジャグジーバスの手前で立ちどまった。

「ごいっしょしても、いいかしら？」

遠慮がちな声だった。

頬は赤らんでおり、見つめてくる瞳はしっとり潤んでいる。そして、乳房と股間を隠していた手をゆっくり離していく。

（おおっ……）

隆宏は思わず腹のなかで唸った。

大きな乳房が重たげにタプンッと揺れる様に視線が吸い寄せられる。双つの乳首はピンッととがり勃《た》ち、赤々と充血していた。恥丘にそよぐ陰毛は、自然な感じで濃厚に生い茂っていた。

隆宏がなにも答えられずにいると、貴子はしなやかな仕草でバスタブの縁《ふち》をまたいでくる。右脚をあげたとき、股間の奥がチラリと見えた。どぎつい赤の陰唇が生々しくて、一気に胸の鼓動が速くなった。

「急に驚いたでしょう」

貴子は申しわけなさげに言うと、隆宏の隣に身を寄せてくる。

ジャグジーの気泡が女体を隠してしまう。しかし、肩と肩が触れ合うことで、ますます興奮がふくれあがった。

「あ、あの……」

なんとか声を絞り出す。

どう考えても普通ではない。彼女は夫のことが忘れられないのではないか。それに隆宏も、今は結衣のことが気になっていた。

「大変なときにごめんなさい。でも、どうしても、身体が……」

貴子はそこでいったん言葉を切ると、熱い眼差しを向けてくる。じっと見つめられて、胸の鼓動がさらに高まっていく。バスルームには、ジャグジーの気泡が噴き出す音だけが響いていた。

「ときどき、どうしようもなく疼いてしまうの」

恥じらいを含んだ声だった。

彼女は若くして未亡人となり、三年間も独り身を貫いている。三十八歳の女盛りを迎えて、抑えきれない淋しさを抱えているのだろう。

「今夜だけ……お願い」

貴子が顔をすっと寄せてくる。次の瞬間には唇が重なっていた。

「んっ……か、桂木さん」

柔らかい唇の感触に困惑する。頭の片隅では結衣のことが気になっているが、貴子を突き放すこともできない。

「貴子って呼んで……はンンっ」

舌が唇を割り、口内にヌルリッと入りこんでくる。ねちっこく舐めまわされて、舌をやさしく吸いあげられた。

（い、いけません……）

心のなかでつぶやくが、まったく抵抗できない。

ねちっこいキスで、瞬《また》く間に骨抜きにされてしまう。彼女の手が後頭部にまわりこみ、さらに濃厚なディープキスが施される。唾液をすすり飲まれて、反対に甘い唾液を注がれる。隆宏は陶然としながら、反射的に飲みくだした。

「ああっ、久しぶりなの……夫が亡くなって、ずっとひとりだったの……こういうこと、一度もしていないのよ」

貴子は喘ぐようにつぶやき、隆宏の口を執拗にしゃぶりつづける。

よほど欲望が溜まっていたのか、顔を右に左に傾けながら口内を舐めまわす。熱い吐息を吹きこみ、舌先を隅々まで這いまわらせてくるのだ。隆宏はジャグジーに身をゆだねて、未亡人の濃厚な口づけを受けとめていた。

（なんて気持ちいいんだ……）

うっとりして、されるがままになっている。

キスがこれほど気持ちいいとは知らなかった。すでにペニスは湯のなかで屹立して、パンパンに張りつめていた。

「隆宏くん……」

唇を離すと、貴子は濡れた瞳で見つめてくる。そして、右手を股間に伸ばして、太幹に指を巻きつけた。

「うっ……」

軽く握られただけでも、甘い刺激が湧き起こる。すでに硬くなっているペニスはビクッと敏感に反応した。

「硬いわ……すごく硬い」

湯のなかで、太幹をゆっくりしごきはじめる。まるで硬さを確かめるように、ときおりキュッと握りしめた。

「ううッ……た、貴子さん」

思わず腰をよじると、貴子が頬に軽く口づけをする。彼女のやさしさが伝わり、さらにペニスが硬くなった。

「そ、そんなことされたら……」

「気持ちいいの？」

ささやくような声で尋ねてくる。耳もとに息が吹きかかるのも、ゾクゾクする刺激となった。

「は、はい……」

隆宏は全身の筋肉に力をこめてつぶやいた。

そうやって快感に備えていないと、いつ暴発してもおかしくない。両脚はつま先までピーンッと伸びきっていた。

「かわいいわ……ねえ、よく見たいの」

貴子が立つようにうながしてくる。

もう、こうなったら、行きつくところまで行くしかない。隆宏は言われるまま立ちあがり、浴槽の縁に腰をおろした。湯に浸かっているのは脚だけで、股間は剥き出しの状態だ。ペニスは青すじを浮かべて隆々とそそり勃っていた。

「若いって、すごいのね」

貴子がしゃがんだ状態で前にまわり、膝の間に入りこんでくる。そして、勃起した肉棒の根元に指をからめてきた。

「うっ……」

「硬くて大きい……すごいわ」

そう言いながら顔を寄せると、亀頭に唇をかぶせてくる。

よほど欲情していたのか、いきなり舌を伸ばして舐めまわす。唾液をたっぷり塗りつけると、さっそく首を振りはじめた。

「くうッ、そ、そんな……」

甘い刺激がひろがり、隆宏はたまらず呻き声を漏らす。またしても全身の筋肉に力をこめると、暴れそうになる射精欲を抑えこんだ。

「ンっ……ンぅっ」

貴子は首をゆったり振っている。

くぐもった声を漏らして、眉をせつなげに歪めた表情が色っぽい。上目遣いに隆宏の顔を見あげながら、唇をゆるゆる滑らせる。太幹は唾液にまみれて、妖しげな光を放っていた。

「そ、それ、すごいです……ううッ」

隆宏が快楽の呻きを漏らすと、貴子の愛撫に熱が入る。ねじりを加えて首を振ることで、さらなる愉悦の波が押し寄せた。

「は、激しい……そ、それ以上されたら……」

暴発の危険を感じて懸命に訴える。すると、貴子は首を振るスピードを抑えて、味わうようにペニスをしゃぶりはじめた。

「あふっ……はむンっ」

微かに漏れる甘い声が、聴覚からも興奮を煽り立てる。

いきり勃った肉棒を深々と咥えては、唇をゆるゆる滑らせて吐き出していく。そして、抜け落ちる寸前で動きをとめると舌で弄ぶ。尿道口をくすぐり、亀頭を飴玉のようにしゃぶりまわす。溢れる我慢汁を嬉々として吸いあげると、さもうまそうに嚥下《えんげ》する。

「くううッ、も、もうダメですっ」

これ以上されたら、本当に射精してしまう。全身を力《りき》ませてこらえると、彼女はようやくペニスを解放した。

「わたしも……もう、我慢できないの」

貴子に手を引かれて、再びジャグジーに浸かって腰をおろす。すると、彼女が股間にまたがってきた。

「これ……ほしい」

懇願するようにつぶやき、右手でペニスをつかんでくる。亀頭を膣口に導くと、腰をゆっくり落としてきた。

「あああッ！」

貴子が目を見開き、腰をビクビクと震わせる。久しぶりにペニスを挿入した衝撃で、身体が驚いているのかもしれない。

「ううッ……す、すごい」

隆宏もたまらず快楽の呻きを漏らした。

湯に浸かったまま、対面座位で深々とつながっている。勃起した男根が、未亡人の女壺に埋まっているのだ。ジャグジーの気泡が全身を撫でるのも刺激となり、ますます快感が高まった。

「あンンっ……こ、これ、これがほしかったの」

少なくとも三年はセックスしていないはずだ。貴子は両手を隆宏の肩に置くと、腰をねちっこくまわしはじめた。

若い肉棒を味わうように、膣壁全体に擦りつけている。まるで石臼《いしうす》を挽《ひ》くような動きだ。そうすることで、膣から全身に快感がひろがっているらしい。唇を半開きにして、たまらなそうに喘ぎ出した。

「あっ……あっ……」

貴子は瞬く間に乱れていく。腰の動きがどんどん速くなり、張り出したカリが膣壁にめりこむのがわかった。

これまで、熟れた女体を持てあましていたのではないか。数年ぶりにペニスを挿入して、膣内を擦られる快楽に酔いしれている。腰をねちっこくまわすたび、ジャグジーの湯がチャプチャプ揺れた。

「うッ……ううッ」

快感の波が次から次へと押し寄せる。柔らかい膣肉に包みこまれて、ねちっこく腰を使われているのだ。急激に射精欲がふくらむが、少しでも長持ちさせようと耐えつづけた。

「ああッ、わ、わたし、もうっ……」

貴子が切羽つまった声をあげる。

腰の動きが回転運動から前後動に変化する。クイクイとしゃくりあげて、ペニスを思いきり絞ってきた。

「ううぅッ」

強烈な快感の波が押し寄せる。湯のなかで両手を彼女の尻たぶにまわしこみ、指を強く食いこませて耐え忍んだ。

「あああぁッ、も、もうダメっ、あああッ、はあああああああああッ！」

熟女のよがり泣きがバスルームに反響する。

どうやら、絶頂に昇りつめたらしい。隆宏の頭を両腕で抱くと、女体に小刻みな痙攣が走り抜ける。それと同時に膣道が思いきり収縮して、射精欲が爆発的にふくれあがった。

（うむッ、す、すごい……）

これまでの経験が生きたのか、なんとか快感の大波をやり過ごす。そして、ジャグジーのなかで未亡人の裸体をしっかり抱きしめた。

これほど簡単に昇りつめると思わなかった。

成熟した女体は開発が進んでいるのだろうか。久しぶりのセックスということも関係しているのかもしれない。貴子はジャグジーのなかでの対面座位で、好き勝手に腰を振り、自分だけ昇りつめてしまった。

しばらく抱き合ったまま、ふたりとも黙りこんでいた。

やがて乱れた息づかいもおさまった。今は、ジャグジーの気泡が噴き出す音だけが聞こえていた。

5

「わたしだけ……ごめんなさい」

沈黙を破ったのは貴子だった。

ぽつりとつぶやき、頬を赤らめて見つめてくる。まだペニスは勃起しており、膣のなかに深々と埋まっていた。

「ひとりで乱れてしまって、恥ずかしいわ」

そう言って睫毛を伏せるが、腰は再び物欲しげに動いている。一度だけの絶頂では物足りないのかもしれない。

「まだ、できるわよね？」

貴子が両手で頬を挟みこみ、至近距離から目をのぞきこんできた。

「は、はい……できます」

できるというより、速く発射したくて仕方がない。ペニスは膣に入ったままで、大量の我慢汁を噴きこぼしているのだ。思いきり突きまくり、大量の精液をぶちまけたかった。

「バルコニーに出てみましょう」

貴子が腰をゆっくり持ちあげる。濡れた女体がジャグジーのなかから現れると同時に、膣からペニスが抜け落ちた。

（そんな……）

まだ射精していない隆宏は、物足りなさに襲われる。

しかし、貴子はジャグジーからあがると、浴槽の隣にあるガラスドアへと歩いていく。そして裸のまま、専用バルコニーに出てしまった。

隆宏も慌てて追いかける。

ドアを開けてバルコニーに出ると、貴子は木製の手摺をつかんで暗い海を眺めていた。こちらに背中を向けており、むっちりした尻がバスルームから漏れる明かりに照らされている。湯が滴《したた》り落ちて、足もとのフローリングを濡らしていた。

グレードの高い部屋には専用バルコニーが設置されており、なかでもロイヤルスイートのバルコニーは広々としていた。航海中なら裸で外に出ても、誰にも見られることはない。隆宏たちの部屋では味わうことのできない贅沢だ。

「気持ちいいわね」

貴子が穏やかな声でつぶやいた。

緩やかに吹き抜ける海風が、火照《ほて》った体に心地いい。だが、それ以上に未亡人の熟れた女体に惹かれていた。

「もっと気持ちいいこと、しませんか」

隆宏は彼女の背後に歩み寄ると、肉づきのいい尻を撫でまわす。そして、臀裂を割り開き、屹立したペニスの切っ先を濡れそぼった女陰に押し当てた。

「あンっ」

貴子が濡れた瞳で振り返る。

しかし、咎めることなく、背中をググッと反らしていく。彼女もこのバルコニーでしてみたいと考えていたようだ。尻を少し突き出してきて、亀頭の先端がクチュッとわずかに沈みこんだ。

どうやら遠慮はいらないらしい。隆宏は彼女の腰を両手でつかむと、股間をゆっくり突き出した。亀頭が膣口に埋まり、さらに湿った音を響かせながら前進する。とたんに膣襞がからみついてきた。

「ううぅッ、す、すごいっ」

たまらず呻き声が漏れてしまう。

はじめての立ちバックで挿入することに成功した。しかも、ここはクルーズ船のバルコニーだ。目の前には大海原がひろがっているのだ。これが昼間なら、さらに爽快な気分になれただろう。

「ああッ、い、いいわ」

ペニスを根元まで押しこむと、貴子の唇から甘い声が溢れ出す。

微かに聞こえる波の音と彼女の喘ぎ声がまざり合う。ほかのバルコニーから姿を見られることはないが、声は届くのではないか。ふと心配になるが、どの部屋から聞こえているのかまではわからないだろう。

根元までつながった状態で、両手を前にまわして乳房を揉みあげる。熟れた柔肉は蕩《とろ》けそうなほど柔らかく、指がどこまでも沈みこんでいく。ゆったり揉みながら、腰をスローペースで振りはじめた。

「あっ……あっ……た、隆宏くん」

貴子の喘ぎ声が夜の太平洋に響き渡る。

ふと見あげれば、夜空に無数の星が瞬いていた。目の前にひろがっているのは海と星空だけだ。かつてない開放的な気分に浸り、ついついピストンが速くなる。彼女の腰をつかんで、ペニスを力強く打ちこんだ。

「あンっ……あンっ……い、いいっ」

先ほど絶頂に達したことで、身体が敏感になっているらしい。隆宏の拙《つたな》い腰使いでも、貴子は喘いでくれる。膣道が艶めかしくうねり、太幹の表面を無数の襞が這いまわった。

「ううッ、こ、これは……」

強烈な快感が湧きあがる。ジャグジーでは我慢できたが、もう欲望は限界までふくれあがっていた。

「くううッ、お、俺……も、もうっ」

腰を全力で振り立てる。熟れた尻が、パンッ、パンッと小気味よい音を響かせて、ますます気分が盛りあがった。

「ああッ、ああッ、わ、わたしも、また……」

貴子も感じている。立ちバックで突かれて、豊満なヒップをたまらなそうに揺らしていた。

クルーズ船のバルコニーというシチュエーションが、経験したことのない興奮を生み出している。おそらく、貴子も同じだろう。手摺を強く握りしめており、喘ぎ声は大きくなる一方だ。

「も、もうダメっ、あああぁッ」

「お、俺も……ううッ、き、気持ちいいっ」

とにかく全力で腰を打ちつける。ペニスを深い場所までたたきこんでは、抜け落ちる寸前まで引き出すことをくり返す。抜き差しするたびに愛蜜がかき出されて、結合部分はぐっしょり濡れていた。

「おおおッ……おおおおッ」

もう昇りつめることしか考えられない。隆宏は獣のように呻きながら、腰を振りまくる。からみついてくる膣襞の感触がたまらない。両手で乳房を揉みしだき、同時に指の間に挟みこんだ乳首を刺激した。

「あああッ、ま、また、はあああッ、またイキそうよっ」

貴子が喘ぎながら振り返る。視線が重なることで、さらに快感曲線が急角度で跳ねあがった。

「も、もう出ますっ、おおおおおッ、で、出るっ、くおおおおおおおッ！」

ついに雄叫《おたけ》びをあげながら射精する。

腰をたたきつけて、ペニスを根元まで埋めこんだ状態だ。深い場所で太幹がビクビク脈打ち、大量のザーメンがほとばしる。それと同時に膣道がウネウネと蠢き、精液が飛び出す速度が倍増した。快感が大きくなり、女体に覆いかぶさって思いきり抱きしめた。

「はあああッ、い、いいっ、またイクッ、あああぁッ、イックうううッ！」

熱い粘液を膣奥に浴びて、貴子が二度目のアクメに昇りつめていく。背中が仰け反り、裸体に震えが走り抜ける。

未亡人の女壺は収縮と弛緩《しかん》をくり返し、快楽を貪りつづける。ザーメンを一滴残らず吸い出すまで、若いペニスを離さなかった。

第四章　欲情スタッフ

1

結局、隆宏は貴子の部屋で寝なかった。

貴子は最後まで泊まっていくように勧めてくれたが、結衣のことが気になったので遠慮することにした。

深夜にロイヤルスイートルームをあとにすると、自分たちの部屋に向かった。しかし、ドアをノックしても、結衣は返事もしてくれない。こちらをうかがっている気配はしたが、鍵を開けてくれなかった。

夜中なので、大きな声で呼びかけるわけにはいかない。

仕方ないので船内をうろついたり、甲板から海を眺めたり、ロビーのベンチに座ったりして時間をつぶした。途中、何度か部屋に行ってドアをノックしたが、結果は同じだった。

　船のスタッフに事情を説明すれば、合鍵で開けてくれるかもしれない。しかし、そんなことをすれば、結衣がさらに怒るのは目に見えていた。とにかく、結衣がドアを開けてくれるまで根気よく待つしかなかった。

　空が白んで、海の彼方が眩く輝きはじめたころ、もう一度部屋に向かった。ドアをノックしても反応がない。再び甲板に戻ろうとしたとき、ドアがわずかに開いた。急いでレバーをつかんで部屋に入った。結衣はすでにベッドで横になり、頭から毛布をかぶっていた。

「結衣……」

　呼びかけるが返事はない。だが、ドアを開けてくれたのだから、起きているのは明らかだ。

「誤解なんだ。あの人とは、なんでもないんだ。俺が酒をこぼして、ドレスを汚しちゃったんだよ。それで、お詫びにダンスを踊ってくれって言われたんだ」

　昨夜の経緯を懸命に説明する。すると、毛布をかぶっている結衣が、わずかに身じろぎした。

「ウソ……」

　ぽつりとつぶやく声が聞こえる。突き放すような言い方だ。まだ怒りは収まっていなかった。

「ウソじゃないって」

「普通、ダンスを踊ってくれなんて言わないでしょ」

結衣が疑うのも当然かもしれない。だが、すべて本当のことだった。

「あの人は三年前に旦那さんを亡くして淋しいんだよ。それで、ダンスの相手がほしかったんじゃないかな」

なんとかわかってもらおうと思って話しつづける。ところが、結衣は完全にむくれており、毛布から顔も出してくれない。

「ずいぶん詳しいんだね。あの人のこと」

「ちょっと話しただけだよ」

「そんなこと言って、あの人の部屋に泊まったんじゃないの？」

「いい加減にしろよ」

つい声が大きくなる。

結衣に締め出されたため、ひと晩中、船内をうろついていたのだ。隆宏も苛立ちを抑えられなくなってきた。

「なんでわたしが怒鳴られないといけないのよ。ダンスを踊ってくれるって、約束したじゃない」

結衣が毛布をかぶったまま言い返してくる。怒りだけではなく、悲しみが色濃く滲む声だった。

それを言われると、隆宏も反論できなくなる。

約束を破ったことは悪いと思っている。だが、こうなってしまったら、もう素直に謝ることはできない。

「勝手にしろっ」

隆宏は吐き捨てると、服を着替えて自分のベッドで横になった。

これ以上、なにを言っても無駄だ。毛布をかぶって結衣に背中を向ける。苛々《いらいら》が募っているが、一睡もしていないので疲れが溜まっていた。横になっているうちに意識が遠のき、いつの間にか眠ってしまった。


どれくらい寝ていたのだろうか。

隆宏がふと目を覚ますと、結衣はすでに水色のワンピースに着替えていた。ベッドの足の方に座っており、ハンドバッグに財布やスマホを入れて、出かける準備をしているところだ。

(そうか、今日は確か……)

すっかり忘れていたが、今日は函館に寄港する予定になっていた。

クルーズ四日目の朝、函館港に到着して夜まで停泊する。その間、乗客は函館観光をするもよし、船でのんびるするもよし、自由気ままな時間を過ごせることになっていた。

隆宏と結衣は事前に話し合い、函館観光をするつもりだった。

赤レンガ倉庫や五稜郭《ごりょうかく》公園、それにトラピスチヌ修道院などをまわり、名物のイカソーメンを食べる。そして、函館山に登って夜景を堪能して、船に戻る計画を立てていた。

しかし、とてもではないが、そんな雰囲気ではなくなってしまった。

結衣はこちらに背中を向けて、出かける準備を着々と整えている。まだ機嫌は直っていないようだ。もし隆宏が目を覚まさなければ、ひとりで黙って出かけたのではないか。そんな雰囲気さえ漂っていた。

「結衣……」

逡巡しながらも声をかける。また喧嘩になりそうでいやだが、無視するのも違うと思った。

「なに？」

結衣は振り返りもしない。その声には棘《とげ》が感じられた。

「もう、函館に着いたのか？」

隆宏は体を起こすとベッドに腰かける。そして、彼女の背中に語りかけた。

「うん……」

気のない返事だ。やはり、結衣はこちらを見ようとしなかった。

「どこから行こうか。やっぱり、赤レンガ倉庫かな。それでさ、昼飯にイカソーメンを食べようぜ」

意識して明るい声で語りかける。

なんとか気分を盛りあげて、少しでも早く仲直りしたかった。ところが、彼女はそんなことを思っていないらしい。

「無理しなくていいよ。寝てないんでしょ。部屋でゆっくりしてなよ」

淡々とした口調だった。

怒りが収まっていないのは明らかだ。こういうときは、なにを言っても聞く耳を持たないことを知っていた。

（いつまで怒ってるんだよ……）

隆宏も内心むっとするが、なんとかこらえて言葉を呑みこんだ。

自分が悪いのは間違いない。結衣が待っているのに貴子とダンスを踊り、さらにはセックスまでしたのだ。なにかを言える立場ではなかった。

「函館、ひとりで行ってくる」

結衣がつぶやき、ドアに向かって歩いていく。

今朝はまだ目すら合わせていない。このまま行かせたら、二度と帰ってこないのではないか。ふと、そんな不安に駆られた。

「結衣っ……」

思わず背中に呼びかける。すると、結衣はぴたりと立ちどまった。

「本当にひとりで行くのか」

謝ろうと思ったが素直になれない。口から出たのは、どうでもいい言葉だった。

昨日はごめん――。

それだけでいいのに、どうしても言えなかった。

そんな隆宏にがっかりしたのかもしれない。結衣は振り返ることなく、部屋から出ていってしまった。

(どうして、こんなことに……)

置いてけぼりを食らった隆宏は、心のなかでつぶやいた。

自分たちは仲のいい幼なじみだったはずだ。それなのに別々に行動することになってしまった。これでは、ふたりで旅行をしている意味がない。虚しさだけが、胸の奥にひろがっていた。

(俺も、行くか……)

ひとりで残っていても悶々とするだけだ。

隆宏はポロシャツとチノパンに着替えると、スマホと財布だけ持って部屋をあとにした。

エレベーターに乗り、乗降口のある五階ロビーに向かう。

函館観光をしている途中で、結衣に連絡を取るつもりだ。彼女もスマホを持っているので、どこかで合流することも可能だろう。なんとか、今日中に関係を修復しておきたかった。

五階に到着して、エレベーターのドアが開く。ロビーに一歩踏み出したとき、見覚えのある背中が目に入った。少し離れているが結衣に間違いない。

（結衣……）

思わず駆け寄ろうとするが、直前で躊躇《ちゅうちょ》する。二十代なかばと思われる男が、結衣に話しかけていた。

スラックスに白いシャツを着た男だ。爽やかな感じだが、どこかなれなれしい感じが気になった。隆宏は思わず歩み寄ると、近くの柱の陰に身を潜める。そして、柱に寄りかかり、スマホをいじっているフリをしながら聞き耳を立てた。

「函館観光でしょ。誰と行くの？」

男が軽い口調で話しかける。そのひと言で、ナンパかもしれないと思った。

「ひとりです」

結衣は素っ気なく答えた。まるで相手にしていないが、男も簡単にはあきらめようとしない。

「それなら、いっしょにまわろうよ。俺、仕事で函館に来たことあるから、いろいろ案内できるよ」

「いえ、結構です」

結衣が歩きはじめる。すると、男は離れることなく隣についていく。そして、軽い調子で話しつづける。

「そう言わずさ、ふたりのほうが絶対に楽しいって」

「もう、しつこいですよ」

「そりゃそうだよ。キミ、かわいいから」

そのひと言で、結衣の態度が変わった。

男のほうを向いたため、横顔がチラリと見える。先ほどまで苛立ちさえ滲ませていたのに、口もとには微かな笑みが浮かんでいた。

「わたしが？」

「そう、キミ、かわいいじゃん」

男も手応えを感じたのか軽薄な笑みを浮かべる。

「ウソばっかり。誰にでも、そう言ってるんでしょ」

結衣はすたすたと歩いていくが、口調は先ほどよりも柔らかくなっていた。

「そんなことないって。いっしょに行こうよ」

「いやです。ひとりで行きます」

ふたりはそんなやり取りをしながら、どんどん遠ざかっていく。そして、乗降口から出ていってしまった。

（まさか、ふたりで……いや、結衣に限って……）

隆宏は柱に寄りかかったまま動けずにいた。

自分でも予想外のダメージを受けている。結衣がナンパされている現場を目撃したショックは大きかった。

幼なじみのことは自分がいちばんよくわかっている。あの手の軽い男は、結衣の嫌いなタイプだ。どう考えても、いっしょに観光するはずがない。しかし、かわいいと褒められたとき、結衣は少し笑っていた。

（なに喜んでるんだよ）

思わず腹のなかで吐き捨てる。

とてもではないが、観光に行く気分ではなくなっていた。隆宏は踵《きびす》を返すと、再びエレベーターに乗りこんだ。

まっすぐ部屋に戻る気にもなれず、最上階である十二階のボタンを押した。

エレベーターを降りると、ふてくされながら甲板に出る。船は函館港に停泊している。手摺から身を乗り出して埠頭を見おろせば、観光に向かう乗客たちが大勢歩いていた。

無意識のうちに結衣の姿を探してしまう。しかし、すでに港から離れてしまったのか、見つけることはできなかった。

2

小一時間が経っていた。

隆宏は甲板からぼんやり海を眺めている。ときどきポケットからスマホを取り出しては、しまうことをくり返していた。

(あんなやつと、いっしょにいるんじゃないだろうな)

結衣のことが気になって仕方がない。

あの男と観光しているかもしれないと思うと、胸の奥がもやもやする。ナンパを目撃したとき、声をかければよかったと後悔していた。

結衣が見ず知らずの男と行動を共にするとは思えない。だが、かわいいと言われて喜んでいた顔が忘れられなかった。

（まさか、そんなはず……いや、でも……）

悶々と同じことを考えつづけている。

あの結衣がナンパ男の言葉に乗るはずがない。そう思うが、万が一ということもある。隆宏と喧嘩したあとなので、愚痴《ぐち》る相手がほしくて、ついていくこともあるかもしれない。

もしそうだとしたら、男の思う壺だ。ナンパするやつの考えていることなど、ひとつしかない。言葉巧みに結衣をホテルに誘うのではないか。

「クソッ」

思わず声に出して、手摺に手のひらを打ちおろした。

はっとして周囲を見まわすが、近くに人影は見当たらない。ほとんどの乗客が函館観光に出かけているのだろう。十二階の甲板は静まり返っていた。

ほっとしたのも束《つか》の間《ま》、背後でドアの開く音が聞こえてドキリとする。つづけて足音が近づいてきた。

「お客さま――」

女性の声だ。

「ご気分がすぐれないのですか？」

どうやら、船のスタッフらしい。隆宏がひとりで船に残っていたので、気にして声をかけてきたのだろうか。

「いえ、大丈夫です……」

今は誰とも話したくない。隆宏は背中を向けたままつぶやいた。しかし、女性スタッフは立ち去ろうとしなかった。

「お連れさまは？」

さらりと尋ねてくる。

ずっと結衣のことを考えていたので、内心を見抜かれたような気がした。恐るおそる振り返る。すると、そこには思いのほか若い女性が立っていた。

黒のタイトスカートにクリーム色のブレザーを着ている。ポケットや襟の縁に黒のパイピングが施されたブレザーは、女性スタッフの制服に間違いない。白いブラウスの首もとにはピンクのスカーフを巻いていた。

「えっと、あなたは……」

顔は見覚えがあるが、とっさに思い出せない。

年齢は二十代なかばくらいで、人懐っこい顔立ちだ。黒髪のセミロングが日の光を受けて艶やかに輝いている。隆宏が必死に考えていると、彼女はふんわりとした笑みを浮かべた。

「わたしは客室係の――」

あらたまった様子で腰を折り、丁重に挨拶してくれる。

彼女は客室係の浅倉歩実《あさくらあゆみ》。七階を担当しているということで、廊下で何度もすれ違っているという。そう言われて思い出す。愛想がよくて、いつも笑顔で挨拶してくれるので印象に残っていた。

「俺は……」

隆宏も名乗ろうとすると、歩実がにっこり微笑みかけてくる。

「田山隆宏さま、ですよね」

「えっ、どうして……」

「担当フロアのお客さまの情報は、だいたい頭に入っています」

歩実は涼しい顔で言いきった。

驚きの記憶力だ。航海に出るたびに同じ作業をくり返すらしい。さすがは豪華クルーズ船の客室係だけある。

「すごいですね」

「お客さまに快適な時間を過ごしていただくためですから」

説得力のある言葉だ。実際、歩実は挨拶を交わしただけの隆宏の名前をしっかり覚えていた。よほどプロ意識が高いのだろう。

「今日はお連れさまは？」

先ほどと同じことを尋ねてくる。

「かわいい彼女さんとごいっしょでしたよね」

「彼女じゃないですよ」

ついぶっきらぼうな口調になってしまう。喧嘩したことを思い出して、またしても苛立ちがこみあげてきた。

「ただの幼なじみですから……」

自分の言葉に疑問が浮かぶ。ただの幼なじみだと思っているなら、どうしてここまで苛立つのだろうか。

「仲がよさそうに見えたので、つい……失礼しました」

「いえ……」

勘違いされたことを怒っているわけではない。だが、自分でもなにを怒っているのかわからなかった。

「ご不快でしたら申しわけございません。お客さまとお連れさまが別行動をされていたようなので、念のため確認しておこうと思いまして」

歩実が深々と頭をさげる。

以前、乗船中に喧嘩をした夫婦がおり、寄港地で降りた妻がそのまま失踪したことがあったという。

「そんなことが……」

一抹の不安が胸をよぎる。

結衣が戻らない可能性もあるのではないか。そんな気がして、居ても立ってもいられなくなってきた。

「船旅中、お客さまになにか問題が起きたときは、最善をつくして対処させていただきます」

穏やかな声が心強く感じる。

信頼できる気がした。比較的、年齢も近いので、結衣のことを相談すれば対処法がわかるかもしれない。

「プライベートな相談なんですけど……」

「はい、構いませんよ」

歩実は小さくうなずいてくれる。だが、ほかの人に聞かれたくない。隆宏は口を開く前に周囲を見まわした。

「場所を変えましょうか」

人目を気にしていると、歩実が提案してくれる。そして、船内に入るドアを開けてくれた。

「こちらにどうぞ」

隆宏がなかに入ると、彼女は廊下をゆっくり歩きはじめる。

「わたし、今から休憩時間なんです。だから、時間は充分にありますよ」

「休憩中にすみません」

「いえ、お気になさらないでください。停泊中は従業員もゆっくりできるんです」

そんな会話を交わしながらエレベーターに乗り、六階で降りた。

案内されたのは多目的ルームだ。八人がけのテーブルが十卓もあり、壁ぎわには予備の椅子がたくさん置いてある。事務用ではなく、木製のどっしりしたテーブルと椅子だ。床にはグレーの絨毯が敷いてあり、落ち着いた空間になっている。ミーティングや会議に使われるらしいが、今日は予約が入っていないという。

「ここなら誰も来ないし、廊下に声も漏れないから安心してください」

歩実はドアに鍵をかけると微笑んだ。そして、窓の方に歩み寄っていく。隆宏も窓に近づいて外を眺めた。

「いいお天気ですね」

「ええ……」

確かに、いい天気だ。

眩い日の光が射しこみ、雲ひとつない青空と海が見渡せる。それなのに、隆宏の心には暗くて重い雲が垂れこめているようだった。

「どうぞ、お座りください」

歩実に勧められて、隆宏は近くの椅子に腰をおろす。

だが、彼女は立ったままだ。タイトスカートの裾が短く太腿がチラリとのぞいている。いけないと思っても、つい視線が向いてしまう。ストッキングを穿いているが、健康的な太腿が魅力的だった。

「浅倉さんも座ってください」

目の前に立たれると、太腿が気になって仕方がない。どうしても見てしまうので、椅子に座ってほしかった。

「休憩時間なんだから座っても構わないでしょう。それに、そのほうが俺も話しやすいです」

「では、失礼いたします」

歩実が隣の椅子を引いて腰をおろす。すると、タイトスカートがずりあがり、さらに太腿が露出した。

(お、おい、さっきより出てるじゃないか)

またしても視線が向いてしまう。

なにしろ、太腿がなかほどまで剝き出しになっているのだ。なおさら気が散り、話しづらくなっていた。

「ご相談というのは、お連れさまのことでしょうか？」

歩実が穏やかな声で語りかけてくる。隆宏は小さくうなずき、昨夜のパーティでの一件を話しはじめた。

貴子のドレスを汚して、ダンスを踊ることになったのがきっかけだ。その結果、結衣を怒らせてしまった。なにを言っても許してもらえず、函館観光もひとりで行ってしまった。さすがに貴子の部屋でセックスしたことは省いたが、それ以外は事実を伝えた。

「これまでも喧嘩は何度もあったんです。でも、結衣があんなに怒るなんて……もう、なんだかわからなくて……」

だんだん声が小さくなってしまう。

不安が頭をもたげて、隆宏の胸をせつなく締めつける。どんなに考えても、自分ひとりでは答えを出せなかった。

「それは、ヤキモチですよ」

黙って聞いていた歩実が口を開いた。

「ヤキモチ？」

意味がわからず聞き返す。まったく予想外の言葉だった。

「結衣さんはヤキモチを焼いたんです。田山さんが見知らぬ女性とダンスを踊ったことで、嫉妬をしたんだと思います」

歩実の声は自信に満ちていた。

「どうして、結衣が……」

「おわかりになりませんか。昨夜のその状況で、結衣さんが嫉妬をする理由はひとつしかありませんよ」

にっこり微笑みかけられて、隆宏は思わず息を呑んだ。

「ま、まさか……」

「そう、そのまさかです。結衣さんは、田山さんに恋をしていらっしゃるのです」

歩実に言われて、クルーズ船に乗ってからのことを思い返す。

結衣はかわいいピンクのキャミソールを用意していた。黒い大胆なビキニも色っぽかった。そして昨夜は、スリットが入った大人っぽいドレスを纏っていた。これまでの結衣のイメージとは異なる意外なものばかりだった。

(あれって、もしかして……)

すべて隆宏の気を引くためだったのではないか。そう考えると、納得がいくことばかりだ。

――あとで、わたしと踊ってくれない？

昨夜、結衣がそう言ったときの恥ずかしげな顔を思い出す。

きっと勇気を出して告げたに違いない。今にして思えば、あれは結衣の精いっぱいのアピールだったのではないか。

（それなのに、俺は……）

自分の鈍感さに腹が立って仕方がない。

突然の申し出に驚き、気づいてあげられなかった。ダンスを踊る約束はしたが、結衣の想いを受けとめたわけではない。隆宏は今の今まで、幼なじみの気持ちをなにもわかっていなかったのだ。

「俺……最低の大バカ野郎ですね」

やっとのことで声を絞り出す。

結衣が怒るのも当然だ。悪いことをしたと思うが、気づくのが遅すぎた。もう、結衣は愛想をつかしているだろう。

「手遅れになってから気づくなんて……」

拳《こぶし》を握りしめて、自分の太腿にたたきつける。奥歯をギリッと噛んで、こみあげそうになる涙をこらえた。

「手遅れではありませんよ」

歩実が穏やかな声で語りかけてくる。

だが、結衣が許してくれるとは思えない。憤怒を通り越して、相手にすらしない感じだった。

「気休めはいいです」

隆宏はうつむいたままつぶやいた。

「失礼ながら、田山さんは本当に女心がわかっていませんね」

呆れたような声だった。

隆宏は意味がわからず顔をあげる。すると、歩実がやさしい笑みを浮かべて見つめていた。

「心配ないですよ。結衣さんは今でも田山さんのことを想っています。なかなか許してくれないのは、それだけ想いが強いということです。怒っているのは、好きの裏返しなんですよ」

そう言われると、なんとなくわかる気もする。しかし、隆宏には懸念していることがあった。

「でも、結衣は――」

今朝、ロビーで見たことを打ち明ける。

若い男にナンパされていた。もしかしたら、今ごろあの男と函館観光を楽しんでいるのかもしれないのだ。

「その心配はございません。今朝、下船されるところを見ておりました。確かに、結衣さんは田山さん以外の男性といっしょでしたが、函館港に降りたってから、その方と別れて、ひとりで歩いていかれました」

「ほ、本当ですか？」

想わず確認すると、彼女は力強くうなずいた。

「よかった……」

ほっと胸を撫でおろす。

自分のせいで結衣が心を乱していたのは間違いない。本来は嫌いなタイプでも、しつこくナンパされれば、お茶くらいつき合うこともあるのではないか。そんな心配をしていたが、どうやら考えすぎだったらしい。

「でも、謝り方には気をつけなければいけません」

歩実が穏やかな声で注意してくれる。

「今、結衣さんは意地を張っている状態です。仲直りしたいと思っていても、ご自分から動くことはないでしょう」

「じゃあ、俺が……」

隆宏がつぶやくと、歩実は静かにうなずいた。

「誠心誠意、田山さんの想いをお伝えてください。そうすれば、結衣さんも心を開いてくれるはずです。なかなか許してくれなくても、絶対に怒ってはいけませんよ。根気よく謝ってくださいね」

「根気よく、ですね」

貴重なアドバイスを心に刻みこむ。

早く結衣に会って謝りたい。そう簡単には許してもらえないだろう。それでも、許してもらえるまで、何度でも謝るつもりだ。

「なんか、いいですね」

歩実がぽつりとつぶやいた。

「青春って感じがして素敵です」

そう言われて、急に恥ずかしくなる。隆宏は顔が熱くなるのを感じて、照れ笑いを浮かべた。

「浅倉さんだって、まだお若いじゃないですか」

「もう二十六です。若くないです」

歩実は首を小さく左右に振った。

「じつは……最近、彼氏と別れたんです」

淋しげな笑みを浮かべて語りはじめた。

彼氏とは大学時代からのつき合いだったという。大学を卒業して、彼は都内の商社に、歩実は船舶会社に就職した。そして、歩実がクルーズ船勤務になったことで、会える時間が減ってしまった。

「長い航海だと、何週間も会えない日があるんです」

そんなことをくり返しているうち、しだいにふたりの関係はぎくしゃくしてきたらしい。そして、彼に浮気をされてしまったという。

「やっぱり、会えないのはつらいですよね。心の距離がどんどん離れているのに気づいていたけど、どうすることもできなくて……最後のほうは惰性でつき合っているような感じでした」

まだ完全に吹っきれたわけではないようだが、淡々とした口調で語っている。無理をして感情を抑えこんでいるのだろうか。

「田山さんとお話をして、彼とつき合いはじめたころを思い出しました」

歩実はしみじみ語り、隆宏の目を見つめてくる。

「わたしも大学生に戻って、青春したくなってきました」

彼女の顔が近づき、隆宏はとまどってしまう。

顔をそむけるのも失礼な気がする。動けずに固まっていると、唇がそっと重なってきた。

3

（ど、どうして……）

柔らかい感触が伝わり、一瞬、頭がクラッとする。

なぜかクルーズ船の女性スタッフである歩実が、口づけをしてきたのだ。思いがけない展開に頭がついていかない。隆宏は椅子に腰かけたまま、ただ全身を硬直させていた。

「クルーズ船の旅って、人を開放的にさせるんです。そんなお客さまたちを、ずっと見てきました」

唇は離れているが、歩実の顔は息がかかるほど近くにある。両手を隆宏の頬に当てて、目をじっとのぞきこんでいた。

「わたしも、たまには開放的になっていいですか」

穏やかな声のなかに、抑えきれない欲望が見え隠れしている。歩実は再び唇を重ねると、舌をヌルリッと差し入れた。

「んんっ……」

隆宏は呻くだけで、彼女を押しのけることはできない。

キスが甘味だったこともあるが、切実な思いが唾液とともに伝わってきた。きっと彼氏と別れた悲しみを抱えているに違いない。客の前なので平気なフリをしているだけで、本当は心で泣いているのではないか。

(俺は、どうすれば……)

困惑しているうちに、舌をからめとられてしまう。粘膜同士をヌメヌメと擦り合わせて、やさしく吸いあげられた。

「はンンっ」

歩実が漏らす鼻にかかった声も刺激になる。

ボクサーブリーフのなかでペニスが硬くなり、チノパンの前を持ちあげる。勃起しているのがひと目でわかるほど、あっという間に布地が張りつめてしまう。すると、そこに彼女の手のひらが重なってきた。

「あ、浅倉さん……い、いけません」

なんとか声を絞り出す。

だが、歩実の手を振り払うことはできない。そんなことをすれば、彼女を傷つけてしまう。そして、なにより期待が大きくふくれあがっていた。

「硬くなってますね」

歩実が唇を離して、ささやきかけてくる。瞳がねっとり潤んでおり、布地ごしにペニスを軽くにぎってきた。

「うっ……」

甘い刺激が股間から全身へとひろがっていく。

結衣のことを忘れたわけではない。むしろ、強く想っている。気づかせてくれたのは歩実だ。大切なことを教えてくれたお礼がしたい。それに、隆宏自身も欲望を抑えられなくなっていた。

「今はわたしのことだけ見てください」

歩実は右手で隆宏の股間を撫でながら、左手で隆宏の手首を握り、自分の胸へと引き寄せる。

「触って……」

ブレザーのなかに引き入れて、左胸に手のひらを押しつけた。

「わたし、ドキドキしてるでしょう」

「は、はい……」

彼女の胸の鼓動が伝わってくる。確かに速くなっているが、それよりブラウスごしに触れている乳房の感触が気になった。

ブラジャーのカップと、そこに収まりきらない乳肉を手のひらに感じている。思わず指を曲げて、柔らかい肉にめりこませた。

「あンっ……」

歩実の唇から甘い声が溢れ出す。その声が引き金となり、隆宏は本格的に乳房を揉みはじめた。

「す、すみません……お、俺……」

謝りながらも手を動かしつづける。頭ではいけないと思いつつ、カップごしに乳房を揉みあげた。

「あンっ……わたし、すごく興奮してるんです」

歩実もチノパンごしにペニスをしごいてくる。やさしい手つきで擦られると、太幹はますます硬くなった。

「ううッ」

甘い刺激がひろがり、呻き声が漏れてしまう。

亀頭の先端から我慢汁が滲んで、ボクサーブリーフの裏地に付着する。それがヌルヌルと滑ることで、快感が大きくなっていく。

「くうッ……あ、浅倉さん」

たまらず呻くと、彼女は楽しげに目を細める。そして、乳房に触れている隆宏の手を取り、自分の下半身へと導いた。

「下も触ってください」

クルーズ船の制服を纏った歩実が、潤んだ瞳で懇願する。

まさか、こんなことになるとは思いもしない。隆宏の手のひらは太腿に重なっている。ストッキングのスベスベした感触に誘われて、タイトスカートのなかに指先を滑りこませていく。

「あンっ」

歩実は色っぽい声を漏らしながら、膝をゆっくり開いてくれる。タイトスカートが張りつめて、左右の内腿に隙間ができた。

(い、いいのか?)

迷いはあるが、期待と興奮がふくれあがっている。

結衣のことが気になり、ずっと頭から離れない。それでも、この欲望を無視することはできなかった。

ストッキングごしに太腿のむちむちした感触を味わいつつ、手のひらを内腿に滑りこませる。そして、じわじわと股間に向かって這い進んでいく。化学繊維のなめらかさと、内腿の柔らかさを同時に感じていた。

「ああっ」

女体がビクッと反応する。

隆宏の指先が股間に到達したのだ。スカートに隠れて見えないが、柔らかい部分に触れているのがわかる。ストッキングとパンティの上から、指先で女性器を撫でまわしていた。

(あ、浅倉さんのアソコに触ってるんだ)

そう思うことで、なおさら興奮がふくれあがる。

こうしている間も、歩実はチノパンごしにペニスをしごいていた。ゆったりした動きだが、互いの股間をまさぐり合うことで高まっていく。隆宏が我慢汁を溢れさせているように、彼女の大切な部分も湿り気を帯びていた。

「ああンっ、もう……」

歩実はもどかしげな声を漏らすと、椅子から立ちあがる。

「お願い、直接……」

もっと強い刺激をほっしているらしい。椅子に座っている隆宏を見つめて、目の前で腰をくねらせる。

(直接って……本当にいいのか?)

心のなかでつぶやくが、今さらやめるつもりはない。

両手を彼女の太腿にあてがうと、上に向かってゆっくり滑らせる。手のひらがタイトスカートのなかに入りこみ、さらに奥へと這わせていく。自然と手首でスカートの裾を押しあげる形になり、健康的な太腿とストッキングに透ける白いパンティが見えてきた。

「あぁっ……」

歩実は恥ずかしげな声を漏らすが、いやがる素振りはない。それどころか、隆宏を挑発するように腰をよじっている。

（よ、よし……）

ストッキングのウエスト部分に指をかけると、慎重におろしていく。

思いのほか肌にぴったり貼りついているため気を使う。ゆっくり膝まで引きさげると、剝き出しになった太腿に手のひらを這わせる。なめらかな肌触りを楽しみ、タイトスカートのなかに侵入させた。

またしてもスカートの裾があがり、恥丘を覆う白いパンティが露になる。紐で両脇を結ぶタイプで、股布が浅くて面積が小さい。制服の下にこんなセクシーなパンティをつけていたとは意外だった。

「そんなに見られたら……はぁっ」

歩実が色っぽい吐息を漏らす。

視線を感じて発情したのかもしれない。ただ見ているだけなのに、腰をたまらなそうにくねらせている。下から股間を見あげると、女性器を覆う部分にうっすらと染みができていた。

（こ、これは……）

愛蜜に間違いない。

口では恥じらっているが、歩実は股間を濡らしていたのだ。そもそも誘ったのは彼女のほうだ。遠慮する必要はなかった。

「直接ですよね」

隆宏は確認してからパンティに指をかける。そして、逆三角形の布地をじわじわおろしていく。やがて恥丘を彩《いろど》っている陰毛が見えてくる。小さな楕円形に整えられており、隆宏の鼻息で揺れていた。

「あンっ、近すぎます」

歩実はつぶやくだけで、決して抗うことはない。その場に立ちつくしたまま、内腿をもじもじ擦り合わせていた。

ストッキングとパンティを膝にからませた状態で、まくれあがったタイトスカートから股間をまる見えにしている。頬を赤らめて恥じらう姿が、牡の欲望をますます煽《あお》り立てた。

「ここに乗ってください」

隆宏は立ちあがると、彼女をテーブルに座らせる。そして、黒いパンプスを脱がして、膝に残っていたストッキングとパンティもつま先から抜き取った。

「なにをするんですか？」

困惑する歩実の膝を大きく開き、その前にひざまずく。股間をのぞきこめば、薄紅色の陰唇が、華蜜にまみれてトロトロになっていた。

「もう、こんなに……」

隆宏は吸い寄せられるように、彼女の股間に顔を近づける。白い内腿を両手で押さえると、そのまま女陰に口づけした。

「えっ、ちょっと——ああっ」

歩実が甘い声をあげて、身体をぶるるっと震わせる。軽く陰唇に触れただけで、華蜜がどっと溢れ出した。

（す、すごい、これが女の人の……）

これが隆宏にとって、人生初のクンニリングスだ。

女性器にキスしていると思うとテンションが一気にあがる。興奮にまかせて行動しているうちに、自分でも驚くほど大胆になっていた。

唇で触れた女陰は、熟れたマンゴーのように柔らかくて、今にも溶けてしまいそうだ。しかも、割れ目から透明な汁がジクジク湧き出している。チーズにも似た香りが鼻腔に流れこみ、牡の欲望が刺激された。

「そ、そんな、口でなんて……あンンっ」

舌を伸ばして女陰を舐めあげると、歩実が腰をくねらせる。

どうやら、かなり敏感らしい。隆宏は彼女の反応に気をよくして、二枚の陰唇を交互に舌先でくすぐった。

「あっ……あっ……そ、そんなことされたら……」

歩実の声が甘ったるいものに変化する。そして、自ら両足をテーブルの縁に乗せると、下肢を大きく開いていく。

（おおっ……）

隆宏は思わず腹の底で唸った。

まさか歩実がここまで大胆な格好をするとは驚きだ。上半身は制服のブレザーをしっかり着ているのに、下半身はタイトスカートがずりあがって、濡れた女陰がまる見えになっているのもたまらない。

上質のサービスを提供するクルーズ船のスタッフだけに、乱れた姿のギャップが衝撃的だ。ほかの乗客たちは、まさか客室係の歩実がこれほど性に貪欲な女性だとは想像もつかないだろう。

「ねえ、もっとしてください」

もはや完全に火がついているらしい。欲情していることを隠すことなく、両手を背後について股間を突き出してきた。

ここまでされて、隆宏の興奮もさらにふくれあがる。女陰をしゃぶりまわすと、割れ目に沿って舌先を何度も往復させた。

（んっ……これって、もしかして……）

舌になにかが触れている。

恥裂の上のほうに、小さな突起を発見した。これがクリトリスかもしれない。知識はあるが、実際に触れるのはこれがはじめてだ。試しに舌先で唾液をたっぷり塗りつけると、そっと転がした。

「はああッ」

歩実の反応が明らかに大きくなる。

やはり、この突起はクリトリスに間違いない。それならばと、舌先で愛蜜を掬《すく》いあげては、敏感な女芯に塗りたくった。

「あンっ、そ、そこは……ああンっ」

内腿が小刻みに震えはじめる。愛蜜の分泌量が増えて、股間がお漏らしをしたような状態だ。

（なんか、硬くなってきたぞ……）

舌先で触れているクリトリスの感触が変わっていた。

愛撫をくり返すことで、刺激に反応したらしい。いつしか充血して、ぷっくりふくらんでいた。

(感じてる……俺が感じさせてるんだ)

彼女が昂《たかぶ》っているのがわかるから、隆宏の愛撫にも熱が入る。クリトリスを口に含むと、チュウチュウ吸いあげた。

「ま、待ってください、それ以上は……あああッ」

歩実の喘ぎ声が高まっている。感じているのは間違いない。内腿の震えが全身にひろがり、顎が大きく跳ねあがった。

「ああッ、も、もうダメですっ、あああッ、はあああああああッ！」

両手で隆宏の頭を抱えこむと、あられもない嬌声を響かせる。それと同時に、歩実の股間から透明な汁がプシャアアッと飛び散った。

クルーズ船の多目的ルームで股間をしゃぶられて、ついに潮を吹きながら昇りつめたのだ。歩実は全身を震わせながら喘いでいる。さらなる快楽を求めるように、股間をググッと突き出していた。

「うむむッ」

隆宏はクリトリスに口を押しつけたまま、顔面で大量の潮を受けとめた。

愛撫で女性を絶頂に導いて、かつて経験したことのない興奮が全身にひろがっている。これまでは女性にリードしてもらってばかりだったが、はじめて自分が主導権を握ったのだ。少しだけ男としての自信がついた気がした。

4
「ああンっ、もうダメです……」

歩実が気怠げな声でつぶやいた。

絶頂に達した直後で女体から力が抜けている。隆宏は股間から口を離すと、彼女の顔をそっと見あげた。

「田山さんが、こんなことするなんて……」

歩実は息を乱して、瞳をねっとり潤ませている。股を大きく開いた状態で、唇の端から透明な涎《よだれ》を垂らしていた。

「今度は、いっしょに気持ちよくなりませんか」

「え、ええ……」

隆宏はフラフラと立ちあがった。

自分も気持ちよくなりたい。ここ数日でセックスの快楽を覚えたことで、なおさら欲望を抑えられなくなっていた。

「服を脱いで、ここにあがってください」

歩実が微笑を浮かべて語りかけてくる。

隆宏はうながされるまま、服を脱ぎ捨てて裸になった。勃起したペニスが恥ずかしいが、今はそんなことを気にしている場合ではない。亀頭の先端からは大量の我慢汁が溢れていた。

「ここで横になっていただけますか」

歩実はテーブルの端によけて、中央にスペースを作る。天板は大人ふたりが余裕で乗れるほど広かった。

（なにを……）

よくわからないまま、隆宏はテーブルにあがって仰向けになる。すると、歩実が逆向きに重なってきた。

「えっ、ちょ、ちょっと……」

予想外の事態に慌ててしまう。

隆宏の目の前に女陰が迫っている。彼女の眼前には、そそり勃ったペニスがあるはずだ。いわゆる、シックスナインと呼ばれる体勢になっていた。

（ま、まさか、こんなことを……）

隆宏が驚いていると、太幹の根元をキュッとつかまれる。それだけで甘い痺れが股間から全身にひろがった。

含んだのだ。

「すごく硬いです……はむンンっ」

歩実のつぶやく声が聞こえたかと思うと、亀頭が熱いものに包まれる。彼女が口に含んだのだ。

「あ、浅倉さん……ううっ」

柔らかい唇が太幹に密着するのがわかり、ヌルヌルと呑みこまれていく。唇が竿の表面を滑ると、瞬く間に快楽の波が押し寄せる。こらえきれない呻きが漏れて、たまらず腰が浮きあがった。

(こ、このままだと……)

すぐに耐えられなくなってしまう。隆宏は両手を彼女の尻にまわしこむと、反撃とばかりに口を女陰に押し当てた。

「あむうううッ」

歩実がペニスを咥えたまま、くぐもった喘ぎ声を響かせる。それと同時に唇で太幹を締めつけられて、またしても快感がひろがった。

「くううッ」

隆宏も呻きながら、女陰をジュルジュル吸い立てる。愛蜜をすすり、舌を柔らかい部分に押しつけた。

「ううっ……」

「ンンッ、ダ、ダメですっ、はンンッ」

とがらせた舌先が、たまたま膣口にはまったらしい。歩実の反応は顕著《けんちょ》で、尻たぶにぶるるっと震えが走った。

互いの性器をしゃぶり合うことで、ふたりとも急速に高まっていく。

ペニスを吸いあげられたら膣口を吸い立てて、亀頭を舐められたら女陰をしゃぶりまわす。相互愛撫の相乗効果は凄まじく、もうひとつになることしか考えられなくなる。ペニスはヒクつき、陰唇は物欲しげに蠢いていた。

「田山さん……」

歩実はペニスを吐き出すと、隆宏の股間にまたがってくる。

足の裏を天板につけた騎乗位の体勢だ。ブレザーはきっちり着ているが、両膝を立てているため、タイトスカートが完全にずりあがっている、股間がまる見えの状態で、亀頭を女陰にあてがった。

「あンっ、大きいです……あぁンっ」

腰をゆっくり落として、ペニスを膣に迎え入れる。熱い媚肉が亀頭に覆いかぶさり、膣口が太幹を甘く締めつけた。

「くうぅッ、い、いいっ」

いきなり快楽の声が漏れてしまう。

クルーズ船の多目的ルームで、かわいい女性スタッフとセックスしている。そのシチュエーションが快感を何倍にもアップさせていた。

「わたしも……ああンっ、感じてしまいます」

歩実も恍惚《こうこつ》とした表情を浮かべている。

両手を隆宏の腹に置き、尻を完全に落としこんだ。長大な肉柱が根元まで呑みこまれて、膣内に溜まっていた愛蜜がグチュッと溢れ出す。深々とつながり、いよいよふたりの興奮は最終章に突入した。

「あっ……あっ……」

歩実がさっそく腰を上下に振りはじめる。ペニスが出し入れされて、女壺で擦りあげられた。

「ううッ、す、すごいっ」

隆宏は呻きながら両手を伸ばし、彼女のブレザーの前を開いた。さらにスカーフを取り去り、震える指先でブラウスのボタンもはずしていく。すると、白いブラジャーが見えてきた。

「あンっ、待ってください」

スクワットをするように腰を振りつつ、歩実が背中に手をまわす。そして、ブラジャーのホックをはずしてくれた。

カップを押しあげると、張りのある乳房が露になる。透明感のある二十六歳の白い肌とピンクの乳首が、はっとするほど美しい。腰の振りに合わせて、たっぷりとした双つのふくらみがタプタプ揺れる。

クルーズ船の制服であるブレザーを着たままなのも、快感を高めるスパイスとなっている。背徳的な気分を刺激されて、ペニスがますます反り返った。

「ああッ、大きいです……あああッ、感じちゃいますっ」

歩実の喘ぎ声が多目的ルームに響き渡る。腰の動きが少しずつ加速して、愛蜜と我慢汁の量が増えていく。

「ううう、お、俺、もうっ」

早くも限界が迫ってくる。両手で乳房を揉みあげると、さらに快感がふくらんでしまう。興奮で頭のなかが熱くなり、目の前がまっ赤に染まっていく。双つの乳首を摘まみあげてクニクニと転がした。

「あッ、ああッ、い、いいっ、いいですっ」

喘ぎ声が大きくなり、腰の動きが激しさを増していく。

歩実にも限界が迫っているらしい。膝を立てた淫らな騎乗位で、隆宏のペニスを出し入れして、唇の端から涎を垂らしている。愛蜜の量も増えつづけて、結合部分から湿った音も聞こえていた。

「おおあッ、き、気持ちいいっ」

これ以上は我慢できない。隆宏も下から股間を跳ねあげる。ペニスが深々と突き刺さり、膣がビクビクと反応した。

「はああッ、ダ、ダメッ、あああぁッ」

亀頭が女壺の奥に到達して、歩実の唇から絶叫にも似たよがり声がほとばしる。それでも腰の動きをとめることなく、むしろ加速させていく。肉棒を奥の奥まで咥えこみ、ひたすら快楽を貪りつづける。

「ああッ……ああッ……いいっ、気持ちいいっ」

「お、俺も、も、もうっ、くおおおッ」

歩実と隆宏は本能にまかせて腰を振りまくる。敏感な粘膜を擦り合い、快楽だけを追求する獣のようなセックスだ。ふたりの動きは自然と一致して、さらなる愉悦の大波が怒濤《どとう》のごとく押し寄せてきた。

「おおおおッ、で、出るっ、出ますっ、ぬおおおおおおおおッ！」

ペニスを根元までたたきこむと同時に、なんとか抑えてきた欲望が爆発する。

熱い媚肉のなかで太幹が脈動して、大量の精液が尿道を駆け抜けていく。濡れた膣襞が竿にからみつき、射精をうながすように絞りあげてくる。根元から先端に向かって、無数の襞でしごかれるのだ。凄まじい快感が突き抜けて、たまらず雄叫びをあげながらザーメンを噴きあげた。

「あああァッ、す、すごいっ、気持ちいいっ、イクッ、イクイクうううッ！」

歩実もよがり泣きを振りまき、アクメに昇りつめていく。長大な肉棒をすべて呑みこみ、味わうように腰を回転させる。思いきり締めあげながら、ブレザーを纏った女体をガクガクと痙攣させた。

ふたりは絶頂に達しながらも、延々と腰を振りつづける。歩実が尻を上下に弾ませれば、隆宏も股間を力強く跳ねあげた。執拗に男根を出し入れして、ザーメンにまみれた女壺をかきまわす。

「ううッ、くうううッ」

「ああッ……あああッ」

もはや気持ちよくなること以外、なにも考えられない。ふたりは言葉を交わすことなく、快楽に没頭していた。

絶頂の余韻が長引いて、頭のなかがまっ白になっていく。

クルーズ船の多目的ルームには、ふたりの乱れた息づかいと淫靡な匂いがひろがっていた。

5

午後になり、隆宏も函館の町に向かった。

観光が目的ではない。結衣に会いたい一心だった。

スマホで連絡を取ることも考えた。しかし、今朝の様子を思い返すと、出てくれない気がする。仮に出てくれたとしても、結衣の怒りは治まっておらず、まともな会話にならないのではないか。

——誠心誠意、田山さんの想いをお伝えてください。そうすれば、結衣さんも心を開いてくれるでしょう。

歩実の言葉を嚙みしめる。

本気で謝るつもりなら、電話ではなく直接会って伝えるべきだ。結衣は函館のどこかにいる。自分の想いが本物なら、絶対に会えるはずだ。

バスでのんびりまわっている時間はないので、函館港からタクシーに乗った。

結衣が行きそうな場所を必死に考えるがわからない。とにかく、事前にふたりで話していた観光地をまわることにする。

港からいちばん近いのは五稜郭公園だ。効率よくまわる順番を考えると、結衣は最初に行ったのではないか。だいぶ時間が経っているので、まだいるとは思えない。そうなると、次はトラピスチヌ修道院か赤レンガ倉庫だ。

隆宏は勘を頼りにトラピスチヌ修道院に向かった。

タクシーを降りると、早足で見てまわる。レンガ造りの外観や手入れされた庭園が美しく、観光客に人気のスポットだ。しかし、観光を楽しんでいる場合ではない。多くの人で賑わうなか、隆宏は結衣の姿を捜しつづけた。

（いない。ここじゃない）

すぐタクシーに乗り、今度は赤レンガ倉庫に向かう。

その名のとおり、赤レンガ造りの倉庫が建ち並んでおり、歴史を感じさせるレトロな雰囲気が魅力となっている。隆宏は到着するなり、人波をかきわけるようにして結衣を捜した。

しかし、どこにも見当たらない。見逃している可能性もあるが、別の場所を捜したい気持ちもある。どうすればいいのか正解がわからないまま、急いでタクシー乗り場に向かった。

あとふたりの間で話に出ていた場所は函館山と五稜郭公園だ。方向が真逆なので、判断を誤るとよけいな時間を食ってしまう。

函館山といえば「百万ドルの夜景」とも称される夜景スポットだが、まだ日没までは時間がある。行くなら日が落ちてからだろう。だが、早めに行って、のんびりしているかもしれない。

(いや、待てよ)

はやる気持ちを抑えて、結衣の行動パターンを慎重に考える。

物心つく前から遊んでいた幼なじみだ。結衣のことは自分がいちばんよくわかっている。

函館山は夜景がきれいなので、カップルが多い場所としても有名だ。そんなところに結衣がひとりで行くとは思えない。そういえば、映画館や買い物もひとりはいやだと言って、つき合わされたことが何度もあった。

今にして思えば、あれも結衣なりのアピールだったのかもしれない。とにかく、函館山ではない気がする。

そうなると、残されているのは五稜郭公園しかない。港からいちばん近いので、すでにまわっていると思ってあえて寄らなかった場所だ。

隆宏はタクシーに乗りこみ、運転手に行き先を告げた。

五稜郭といえば、江戸末期に箱館戦争の舞台となった場所だ。だが、観光などまったく頭にない。五稜郭公園に到着すると、居ても立ってもいられず走り出す。観光客がたくさんいるが、構うことなく広い園内を駆けずりまわる。しかし、結衣の姿はどここにも見当たらない。

(どこだ……どこにいるんだ)

全身汗だくになり、途方に暮れてしまう。

走りまわって息が切れている。前かがみになり、自分の膝に手をついた。

五稜郭公園にいなければ、もうどこにいるのかわからない。さすがに町を隅々まで捜すのは不可能だ。

(結衣……)

顔を思い浮かべると、胸がせつなく締めつけられる。

どうして、こんなことになってしまったのだろう。誰よりも近くにいたはずなのに、今は遠くに行ってしまった気がする。

(でも、あきらめるわけには……)

ふと顔をあげると、五稜郭タワーが目に入った。

五稜郭タワーは、五稜郭公園に隣接する場所にある展望塔だ。高さ九十メートルの展望室から、五稜郭の美しい星形と函館の町を一望できるという。

(一応、登ってみるか……)

あまり期待できないが、ほかに捜す場所はない。すぐ近くなので、歩いてとぼとぼ向かった。

エレベーターに乗り、展望室に登っていく。

まずは第一展望室だ。ここはお土産物屋があり、多くの人で賑わっている。ぐるりと一周するが、やはり結衣の姿は見当たらなかった。

再びエレベーターで第二展望室にあがる。ぱっと見た感じ、カップルが多い。ここに結衣がいるとは思えない。隆宏との喧嘩を引きずっているので、きっと仲のいいカップルを見ているのはつらいだろう。

(ここも違うのか……)

そう思いつつ、展望室をゆっくり歩く。

周囲がガラス張りになっており、眼下の五稜郭はもちろん、函館市街を遠くまで見渡せる。だが、今の隆宏に景色を楽しむ余裕などあるはずがない。

あきらめかけたとき、ふと見覚えのある背中が目に入った。

水色のワンピースを着た女性が、窓ガラスの前にぽつんと立っている。カップルが多いなかで、その背中はひどく淋しげに映った。

(どうして、ここに……)

ふと疑問がこみあげる。

まさか港からいちばん近い五稜郭にいるとは意外だった。しかし、今はそんなことより、誠心誠意、謝ることがなにより重要だ。

「結衣……」

隆宏はゆっくり歩み寄ると、こみあげてくるものをこらえて声をかけた。

ワンピースの肩がビクッと跳ねる。顔を見なくても、背後に立っているのが隆宏だと気づいたはずだ。それなのに、結衣は振り向いてくれない。

今朝、部屋から出ていくときの背中を思い出した。

あのとき、隆宏は謝ることができなかった。謝るつもりで呼びとめたのに、どうしても素直になれなかった。でも、今は違う。心から悪いことをしたと思っている。仲直りをして、さらに先へと進みたかった。

「き、昨日は……昨日はごめんっ」

腰を九十度に折って謝罪する。緊張のあまり声が大きくなってしまうが、短い言葉に気持ちをこめた。

「ちょ、ちょっと、声が大きいよ」

結衣が驚いた顔で振り返る。そして、隆宏をにらみつけると、人の目を気にするように周囲を見まわした。

「俺が悪かった」

隆宏はもう一度、頭をさげる。

こうして再会できたのは、きっと謝罪するためだ。この機会を逃したら、結衣は本当に自分の前から消えてしまう気がする。気持ちが伝わるまで、何度でも謝罪するつもりだ。

「結衣、ごめんっ」

「だから、声が大きいって。みんな、見てるでしょ」

結衣が困った様子でにらんでくる。その瞳が潤んでいるように見えたのは気のせいだろうか。

「でも、俺は結衣に許してもらえるまで——」

「わかったから、もうやめて」

隆宏の言葉を遮ると、結衣はその場から離れて、ひとりでエレベーターに乗ってしまった。

謝るつもりが、逆に怒らせてしまったのではないか。でも、許してくれたような気もする。

ひとり残された隆宏は、不安に駆られて立ちつくしていた。

隆宏がクルーズ船に戻ると、すでに結衣は部屋に帰っていた。自分のベッドに腰かけて、スマホをいじっているところだ。

「ただいま」

迷ったすえに、隆宏は何気ない振りをして声をかけた。

「おかえり……」

結衣は応えてくれるが、機嫌が完全に直ったわけではないようだ。だが、朝のように怒っているわけでもなかった。

(根気よく……)

心のなかで自分に言い聞かせる。

あれだけ怒っていたのだから、そう簡単に許してくれるはずがない。だからといって、しつこく謝られても鬱陶《うっとう》しいだろう。

とにかく、結衣が戻ってくれたことでほっとしている。しばらく普通に振る舞って、様子を見るしかなかった。

第五章　今夜ひとつに

1

クルーズ五日目の朝を迎えた。

ついに豪華クルーズ船の旅も最終日だ。もうすぐ、小樽港に到着する。

今日は一日、小樽観光を各自自由に楽しんで、夜はホテルに宿泊する予定となっている。そして明日、千歳空港から飛行機で東京に帰るところまでが、ツアーのパックに含まれていた。

今朝はふたりとも早く起きて、すでに食事をすませている。今は荷物をキャリーケースにつめているところだ。

朝食はいっしょに摂ったが、結衣の機嫌は百パーセント戻ったわけではない。今ひとつ会話が弾まず、どこかぎくしゃくしていた。

結衣は淡いピンクのフレアスカートを穿いている。かわいくて似合っているが、褒めたくても躊躇してしまう。なにが地雷になって怒り出すかわからないので、下手なことは言えなかった。

「今日、どこか行きたいところはある？」

隆宏はさりげなさを装って話しかけた。

昨日の函館のことがあるので、結衣がいっしょに小樽観光をしてくれるとは限らない。行動をともにしてくれるのかどうか、とりあえずそれを確認したかった。

「とくには……」

淡々とした声が返ってくる。

あまり気乗りしていないように聞こえた。だからといって、別行動をするつもりもないようだ。

「タカちゃんの行きたいところでいいよ」

結衣はこちらを見ることなくつぶやいた。

「わかった。じゃあ、いっしょに行こう」

平静なフリをして答えるが、隆宏は心に秘めていることがある。

じつは明け方近くまでスマホで調べて、小樽観光のコースを考えたのだ。この旅行に出る前にも、ある程度の計画は立てていたが、より結衣の好みに合わせたプランを練り直した。

(小樽でなんとかしないと……)

隆宏は自分に言い聞かせるように、心のなかでつぶやいた。

結衣の好みは知りつくしている。上手くエスコートしてご機嫌を取れば、心を開いてくれるかもしれない。今の自分にできるのはそれしかなかった。


午前十時、クルーズ船が目的地の小樽港に到着した。

巨大な船なので、乗客全員が下船するのに時間がかかる。グレードの高い部屋の乗客から順番に降りるため、スタンダードの隆宏たちは最後だ。ロビーに出ても混雑するので、部屋で待機するように指示が出ていた。

ようやく下船のアナウンスが流れたのは、午前十一時前だ。エレベーターでロビーに向かうと、タラップで小樽港に降り立った。

「ついたね。小樽だよ」

隆宏は少しでもテンションをあげたくて、笑顔で語りかける。ところが、結衣の表情は浮かなかった。

「うん……」

短く返事をするだけで、あまり楽しそうではない。

(俺のせいだ……でも、絶対、笑顔にするぞ)

すべては鈍感な自分が招いた事態だ。

結衣の一途な恋心に気づかず、つらい思いをさせてしまった。本当に悪いことをしたと心から反省している。だからこそ、この小樽で挽回したかった。

下船に時間がかかったが、これは想定内だ。事前に調べておいたので、到着してから一時間はかかると知っていた。

「腹、減っただろ。飯を食いに行こうか」

隆宏が語りかけると、結衣は無言でうなずくが、反応は今ひとつだ。

もしかしたら、お腹が空いていないのかもしれない。だが、計画があるので、ここは強引に押し進める。

まずは路線バスに乗り、調べておいたバス停まで移動する。バスを降りると、すぐ近くにテレビや雑誌などで見たことのある景色がひろがっていた。

「あっ、小樽運河だ」

結衣が瞳を輝かせる。

そう、目の前にあるのは有名な小樽運河だ。しかし、ここはあとで来る予定になっていた。

「ま、待って、先に飯を食いに行こう」

さっそく向かおうとする結衣を慌てて呼びとめる。まさか、バス停から見えるところに小樽運河があるとは思わなかった。

「どうして？　すぐそこなのに」

結衣が頬をふくらませる。

目の前に観光地があるのだから、寄りたいと思うのは当然だ。結衣の機嫌を損ねるわけにはいかない。だが、もう時間がなかった。

「じつは、昼飯を食べる店、予約してあるんだ」

本当は目的の店についてから驚かせるつもりだったが仕方ない。計画より早いが打ち明けた。

「えっ、予約？」

予想外の出来事に、結衣が怪訝《けげん》そうな顔をする。そして、微かに首をかしげた。

「結衣、寿司が好きだろ」

「うん、好きだけど……」

「小樽はうまい寿司屋がいっぱいあるんだ。そのなかでも、評判の店を予約しておいたんだよ」

人気店でかなり混雑するらしい。だから昨夜、クルーズ船のなかで、スマホを使ってネット予約をしたのだ。

「本当？」

結衣の顔がぱっと明るくなる。

どうやら、喜んでくれたらしい。計画とは少し違ってしまったが、これはこれで成功と思っていいだろう。

「よし、行こう。すぐ近くだから」

場所は頭に入っている。隆宏は結衣を連れて、予約を入れた寿司屋に向かった。


「そんな、俺は確かに十一時半で予約したんです」

数分後、隆宏は必死の形相で食いさがっていた。

「ご予約は承っておりません。列にお並びになってください」

店員の態度は素っ気ない。まるで相手にしてくれなかった。

目的の寿司屋に到着したが、なぜか予約が入っていなかったのだ。何度も確認してもらったが、結果は同じだった。

「タカちゃん、もういいよ」

結衣はそう言ってくれるが、納得いかない。昨夜、遅くまで調べて、確かに予約を入れたのだ。

「こんなのおかしいだろ。なんとかしてくださいよ」

隆宏がなおも店員に詰め寄ると、誰かが舌打ちするのが聞こえた。

はっとして視線を向ける。すると、順番待ちをしている人たちが、冷ややかな視線を向けていた。

（な、なんだよ。俺がいちゃもんをつけてるみたいじゃないか）

悔しさと苛立ちがこみあげる。思わず奥歯をギリッと噛むと、結衣が手首をつかんで列の最後尾まで引っぱっていった。

「並ぼうよ」

「でも……」

「食べられないわけじゃないんだから、別にいいじゃん」

意外にも口調はあっけらかんとしている。結衣が怒っていないのなら、列に並ぶしかなかった。


「おいしかったね」

結衣は弾むような口調になっている。

さすがは小樽だ。ネタが新鮮で、じつにうまかった。ウニは蕩けるようで、ホタテは大ぶりでプリプリしていた。イクラも粒がしっかりして味が濃かった。サーモンも中トロも、脂が乗って絶品だった。

東京だったら、銀座あたりの高級店に行かなければ食べられないのではないか。それほど美味な寿司だった。

「うん、うまかったな」

予約ができていなかったのは残念だが、結衣が喜んでくれたので、とりあえずほっとした。

しかし、一時間以上も並んだので、計画が狂ってしまった。店も予想以上に混雑しており、注文した寿司が出てくるまで時間がかかったのも予定外だ。十二時半には食べ終わっているつもりだったが、すでに午後二時をまわっていた。

（まいったな……）

頭のなかで計画を練り直す。予定より遅れているが、少しずつ時間を削れば大丈夫かもしれない。

「ちょっと行きたいところがあるんだ」

隆宏はさりげなく切り出した。

この近くに、ガラス細工の店とオルゴールの店がある。どちらも有名店で、小樽観光に来た人たちに人気だという。きっと結衣も喜んでくれると思う。リピート率も高いようなので、まず間違いないだろう。

「どこに行くかは、ついてからのお楽しみってことで」

めた。

「タカちゃんにまかせるよ」

結衣がそう言ってくれるので、隆宏は頭のなかに入っている地図に従って歩きはじめた。

「おかしいな。確か、このへんなんだけど……」

かれこれ十五分は歩いている。

ところが、目的の店が見えてこない。スマホで地図をチェックしたときは、すぐ近くだと思ったのだが、意外と離れていたらしい。

結衣は黙って隣を歩いている。穏やかな表情を浮かべているが、内心はどう思っているかわからない。ふたりともキャリーバッグを引いているので、いい加減、疲れてきた。

「もうすぐだと思うから……」

隆宏は額に滲んだ汗を手の甲で拭《ぬぐ》い、スマホを出して場所を確認する。方向は合っているので、そろそろ見えてくるはずだ。

「あっ、あった。あそこだ」

思わず大きな声を出してしまう。

店の看板が見えて、ほっと胸を撫でおろす。これ以上、時間がかかるようならタクシーを拾おうと思っていたところだ。隣をチラリと見やれば、結衣は疲れた顔をしているが微笑を浮かべていた。

（ギリギリセーフってところか……）

またしても失敗してしまった。

だが、まだ取り返すチャンスはある。このガラス細工店とオルゴール店は、結衣好みのかわいい物がたくさん売っているのだ。きっとテンションがあがるはずだと踏んでいた。

「入ってみようぜ」

結衣をうながして、ガラス細工店に足を踏み入れる。

色とりどりのグラスやボトル、皿や小鉢などの食器類、それにランプや置物などの小物もたくさん並んでいた。どれもガラス製で手作りだという。

「わあっ、すごいね」

結衣が目をまるくして店内を見まわしている。声が少し高くなっているのは、テンションがあがっている証拠だ。

（よしっ、いい感じだぞ）

隆宏の心のなかでつぶやき、ひとりで小さくうなずいた。

「キャリーバッグは俺が預かっておくから、ゆっくり見てきなよ」

そう言って、彼女のキャリーバッグを受け取ろうと手を伸ばす。そのとき、腰が商品棚にぶつかり、並んでいたグラスが床に落下した。

「あっ！」

結衣の声とグラスの砕ける音が重なった。

音は思いのほか大きく、広い店内に響き渡る。客と店員たちの視線が、いっせいに隆宏と結衣に集中した。

フローリングの床に落ちたグラスは、見事なまでに粉々だ。隆宏が立ちつくしていると、すぐに店員がやってきた。

「お怪我はありませんか？」

同年代の若い男性店員だ。

悪いのは商品を壊した隆宏なのに、丁寧な口調で応対してくれる。それが申しわけなくて、頭をぺこぺこさげるしかなかった。

「本当にすみません」

慌てて財布を取り出そうとする。弁償するのは当然のことだろう。ところが、店員は受け取ろうとしなかった。

「いえ、結構ですよ。わざと割ったわけではないのですから」

「でも……」

「お気になさらず、お買い物をつづけてください」

彼は最後まで笑顔を崩すことなく、慣れた様子で割れたグラスをかたづけると、去っていく。隆宏は情けなくて、うつむくしかなかった。

「なんか……ごめん」

小声で謝るだけで、もう結衣の顔を見ることができない。

喜ばせるつもりが、恥ずかしい思いをさせてしまった。これでは本末転倒だ。挽回するどころか、さらに状況は悪くなっていた。

「タカちゃんに怪我がなくてよかった」

結衣は穏やかな声で言ってくれるが、隆宏の気持ちは重く沈んでしまう。なんとかしなければと、気ばかり焦っていた。

「ここは出よう。なんか、居づらいだろ」

「えっ、わたしは大丈夫だよ」

「近くに有名なオルゴール屋さんがあるんだ。そっちに行こう」

計画はほかにも立てている。時間も押していることだし、この店にこだわる必要はないだろう。結衣は残念そうにしているが、隆宏は強引に連れ出した。

「かわいいっ、オルゴールがいっぱい」

結衣がうれしそうな声をあげる。

店を移動して正解だった。オルゴール店に入ったとたん、結衣は満面の笑みを浮かべた。楽しげにしている姿を見て、隆宏はほっと胸を撫でおろした。

今度は商品棚にぶつからないように気をつけながら、小一時間ほど店内を見てまわった。

時刻はもうすぐ午後四時になるところだ。

時間が中途半端になってしまったが、ほかにも予定していたことがある。少し慌ただしいが、それでも結衣は喜んでくれると確信していた。

「よし、次、行くぞ」

結衣をうながして路線バスに乗る。運よく空いていたので、いちばん後ろの席に並んで腰かけた。

「どこに行くの？」

無邪気な笑みを浮かべて結衣が尋ねてくる。

いい雰囲気になってきた。最初はどうなるかと思ったが、この調子でいけば、なんとかなるかもしれない。

「水族館だよ」

内緒にしようかと思ったが、喜ぶ顔が見たくて行き先を告げる。すると、思ったとおり、結衣の顔がぱっと明るくなった。

「えっ、水族館！」

「そうだよ。結衣、好きだったろ？」

隆宏は思わず笑みを浮かべた。

中学生のとき、結衣に誘われて水族館に行ったことがある。あのときの結衣のはしゃいだ姿が印象に残っていた。なにしろ、朝十時の開館時間から夜七時の閉館時間まで居座ったのだ。

昨夜、小樽の観光地をスマホで調べていたとき、水族館があることを知った。しかも、結衣の好きなイルカショーをやっている。連れていけば、絶対に喜んでくれると確信していた。

「イルカもいるみたいだぞ」

「やった、楽しみだなぁ」

結衣が浮かれているのが伝わってくる。隆宏もうれしくなり、小躍りしたい気持ちになっていた。

二十分ほどで水族館につくはずだ。ところが、もう三十分以上経っているのに、つく気配がない。とくに道が混んでいるわけでもなく普通に流れている。窓の外を見ると、バスは丘の上を走っていた。

（なんか、おかしくないか？）

目的の水族館は海の近くにあるはずだ。しかし、海はどこにも見えない。なにかいやな予感がこみあげてきた。

バスが信号でとまるのを待って、運転席まで歩いていく。

「すみません。このバス、水族館まで行きますよね」

「いや、そっちには行かないよ。水族館に行くなら、いったん小樽まで戻らないとダメだね」

運転手の言葉に愕然とする。

時間がなくて急いでいたため、どうやら乗るバスを間違えてしまったらしい。今から小樽に戻って水族館に行くとなると、ほとんど時間がなくなってしまう。残念だが、あきらめるしかなかった。

「どうかしたの？」

座席に戻ると、結衣が心配そうに尋ねてくる。

隆宏が突然立ちあがって運転席に向かったのだから、不思議に思うのは当然のことだろう。

「水族館、行けなくなっちゃったんだ」

「なんで？」

「バス……間違えたんだ」

ごまかしても意味はない。正直に告げると、さすがに結衣は驚いた顔をした。

「ごめん……」

それ以上、なにを言えばいいのかわからない。隆宏は下唇を嚙んで、顔をうつむかせた。

「仕方ないよ」

結衣はそれ以上、なにも言わずに黙りこみ、窓の外に視線を向ける。

いったい、どう思っているのだろう。怒っているのか、呆れているのか、それとも悲しんでいるのか。とにかく、隆宏の立てた計画が、ことごとく失敗しているのは事実だった。

2

午後六時、隆宏と結衣は小樽運河にいた。

水路に沿って昔ながらの倉庫が建ち並んでいる。赤レンガ造りで趣《おもむき》があり、ノスタルジックな雰囲気だ。小樽運河は大正十二年に完成した水路で、北海道の開拓に重要な役割をはたしたという。

現在は運河としての役割を終えており、散策路が整備されている。夜になると点灯するガス灯が有名だ。柔らかい光が散策路を照らし、ロマンティックな空気に満たされる。デートスポットとしても人気の高い場所だ。

すでにガス灯がついており、いい雰囲気になっている。カップルでここに来れば、盛りあがるのは間違いないだろう。

隆宏と結衣は、散策路のベンチに並んで腰かけていた。

「ここに来るの楽しみにしてたんだ。きれいだね」

結衣が弾んだ声をあげるが、隆宏は言葉を発することができなかった。

(俺は、なにをやってるんだ……)

入念に計画を練ったのに、ことごとく失敗した。

寿司屋の予約は取れていなかったし、次の店まで思ったよりも遠くて結衣をさんざん歩かせた。さらには商品のグラスを割り、挙げ句のはてにはバスを乗り間違えて水族館に行けなくなった。

結衣を糠喜《ぬかよろこ》びさせたことが心苦しい。結局、時間を無駄に消費することが多く、中途半端な小樽観光になってしまった。

「どうしたの？　元気ないみたい」

「今日はごめん。段取りが悪くて……」

沈んだ顔で黙っている隆宏を心配して、結衣が声をかけてくる。隆宏はなんとか言葉を絞り出した。楽しい時間になるはずが、計画とは真逆の状況になっていた。

「うれしかった」

意外な言葉だった。

思わず隣を見やると、結衣はやさしげな笑みを浮かべていた。作り笑いでも愛想笑いでもない。落ちこんでいる隆宏に同情したわけでもない。それが心からの笑みであることは、幼なじみの隆宏にはひと目でわかった。

「どうして……」

「だって、タカちゃんが、わたしのためにいろいろ計画してくれたんだもん。うれしいに決まってるよ」

結衣がじっと見つめてくる。

これほどうれしい言葉があるだろうか。計画は上手くいかなかったが、結衣は本気で喜んでくれている。そんな幼なじみの姿に、隆宏は胸が熱くなるのを感じていた。

結衣のことが愛《いと》しくてならない。今日はもう無理だとあきらめていたが、やはり熱い想いを伝えたい。きっと今がそのタイミングだ。

「結衣……」

隆宏は意を決すると、結衣の目をまっすぐ見つめた。

「あらたまって、どうしたの？」

ただならぬ気配を感じたのか、結衣が背すじを伸ばす。そして、隆宏の目を見つめ返してきた。

「これまで近すぎてわからなかったけど、今回の旅でようやく気づいたんだ」

緊張感が高まっていく。結衣はいっさい口を挟むことなく、真剣な面持ちで隆宏の言葉に耳をかたむけていた。

「俺、結衣のことが好きだ」

目をそらすことなく、ストレートに想いを告げる。すると、結衣の瞳が見るみる潤みはじめた。

「ゆ、結衣？」

なにかやらかしたのだろうか。なにしろ、今日は失敗つづきだ。自分で自分が信用できなくなっていた。

「もしかして、俺、また……」

不安に駆られて尋ねると、結衣は首を左右に振りたくった。

「そうじゃないの、うれしすぎて……」

瞳がさらに潤み、ついに大粒の涙が溢れて頬を伝う。まるで真珠のようにきれいな涙だった。

「ずっと待ってたんだよ」

結衣が濡れた瞳で見つめてくる。

泣き顔がかわいくて、もう気持ちを抑えることができない。隆宏は思わず肩に手をまわすと、そのまま抱きしめた。

「あっ……」

結衣は小さな声を漏らすだけで抵抗しない。それどころか、隆宏の胸に身体をすっとあずけてきた。

「遅くなって、ごめん」

「うん……特別に許してあげる」

腕のなかでこっくりうなずき、結衣らしい言葉を返してくる。

気持ちを伝えたことで、愛しさがとまらなくなってしまう。両腕でしっかり抱きしめると、結衣がわずかに身じろぎした。

「恥ずかしいよ」

「ご、ごめん……」

すぐに謝るが、腕から力を抜くことはできない。結衣を離したくない。ずっとこのままでいたかった。

「今日のタカちゃん、謝ってばっかりだね」

「ごめん……」

「ほら、また謝った」

「ほんとだ。俺、また謝ってた」

結衣に指摘されて、空気がほんの少し和《なご》んだ。

小樽運河はすっかり日が暮れて、ガス灯が甘い雰囲気を作っている。周囲を見まわせば、身体を寄せ合うカップルがたくさんいた。

「わたしも、タカちゃんが好き」

結衣も両手を背中にまわしてくる。

ふたりできつく抱き合い、至近距離で見つめ合う。結衣が睫毛をそっと伏せてくれたので、隆宏は遠慮がちに唇を重ねた。

「ンっ……」

女体が微かに震える。結衣は唇を強く閉じて、全身に力をこめていた。

もしかしたら、これがはじめてのキスかもしれない。そう思うと、ますます愛しさがこみあげる。唇の表面が軽く触れ合うだけのキスだ。そんな初心《うぶ》なキスでも、心が通い合っていれば気持ちが昂った。

(結衣とキスしてるんだ……)

そう思うと感慨深い気持ちになる。

幼なじみの結衣とこんな関係になるとは、この旅に出るまでは思いもしなかった。意識すると羞恥がこみあげて顔が熱くなる。今回のことがなければ、これほど急速に距離が縮まることはなかっただろう。

こうなったのも、商店街の福引きで特等を当てたからだ。あらためて考えると不思議な気がしてくる。

「ひとつ聞いてもいいか」

ふと思い出したことがある。隆宏は唇を離すと、照れてうつむいている結衣に話しかけた。

「昨日、どうして五稜郭タワーにいたの？」

ずっと疑問に思っていたことだ。

函館観光に出かけた結衣は、港に比較的近い五稜郭にいた。もっと遠くまで行っていると予想していたので意外だった。

「観光なんてする気分じゃなかったから……」

「ほかの観光地はまわってないの？」

まさかと思いながら確認すると、結衣はこっくりうなずいた。

そうなると、朝から何時間も五稜郭にいたことになる。いったい、なにをして過ごしていたのだろうか。

「じゃあ、なんで展望台に？」

「もしタカちゃんが五稜郭公園に来たら、見つけられると思って」

「展望台から？」

「うん……でも、思ったより高くて、下を歩いている人の顔なんて、全然わからなかったよ」

そう言って笑う結衣の瞳には、涙がうっすら潤んでいた。

昨日は意地を張っていたが、隆宏が追いかけてくるのを待っていたのだろう。だから、港に近い場所にいたのではないか。そんな健気《けなげ》な結衣が、どうしようもなくかわいかった。

3

隆宏と結衣はホテルの一室にいた。

クルーズ船のツアーに含まれているので、なかなか高級感のあるホテルだ。部屋は広々としており、窓から小樽運河が見おろせる。ホテルでもノスタルジックな気分を味わえるとは贅沢だ。

先ほどホテルのレストランで夕食を摂った。

部屋に戻ると順番にシャワーを浴びて、ふたりとも部屋に備えつけのバスローブを羽織っている。あとは寝るだけとなり、なんともいえない緊張感が漂いはじめた。

「いい部屋だね」

「うん、そうだけど……」

隆宏は盛りあがっているが、結衣はなにやらもじもじしている。彼女の視線は眼下の小樽運河ではなく、部屋のなかに向けられていた。

「ねえ、タカちゃん……」

結衣はベッドを気にしているらしい。ダブルルームなので、ダブルベッドがひとつあるだけだ。

ツインルームではなくダブルルームになった原因は隆宏にある。

じつは、福引きが当たった数日後、部屋の希望を聞かれたのだが、ツインとダブルの違いがわかっていなかった。ダブルというのは、ベッドがふたつあるという意味だと勘違いしていたのだ。

「あれは、まあ……俺のミスだけど、いっしょはいや？」

「いやじゃないよ……いやじゃないんだけど……」

なにやら歯切れが悪い。互いの想いを確認し合ったとはいえ、いきなりは恥ずかしいのかもしれない。

「わたし……はじめてだから……」

結衣は消え入りそうな声でつぶやいた。

「キスも、はじめてだったんだよ」

いつも元気な幼なじみが、顔をまっ赤にしている。緊張しているのが、手に取るようにわかった。

やはり、あれがファーストキスだったらしい。

理由がわかってほっとする。いっしょに寝るのがいやなわけではない、経験がないのなら緊張するのは当然だ。

(俺がリードしないと……)

心のなかでつぶやくが、隆宏も経験が豊富なわけではない。

クルーズ船の旅の最中に、童貞を卒業したばかりだ。それでも、結衣を安心させるように微笑みかけた。

「そうだ……」

隆宏はバスローブのポケットに潜ませていた物を取り出した。ピンクの包装紙でラッピングされた小さな箱だ。

「これ、結衣に」

それを差し出すと、結衣は不思議そうに首をかしげて受け取った。

「開けてもいい？」

そう言いながら、さっそく包装紙に指をかける。結衣のワクワクしている気持ちが、隆宏にも伝わってきた。

「わあっ、かわいい」

結衣が歓声をあげる。

彼女の手のひらに載っているのは、小さな白いオルゴールだ。箱の蓋をそっと開ければ、「星に願いを」が流れはじめた。オルゴールの繊細なメロディが、ふたりの鼓膜をやさしく振動させる。

「今日の記念になればと思って」

昼間、オルゴール店に行ったとき、結衣が見ていない隙に購入しておいたのだ。

「タカちゃん、ありがとう」

結衣は瞳をキラキラさせて、オルゴールと隆宏の顔を交互に見る。

想像していた以上に喜んでくれて、隆宏の心はほっこり温かくなった。結衣の笑顔を見られることが、隆宏にとってはなによりの幸せだ。

結衣はしばらくオルゴールを見つめていたが、蓋を閉じてテーブルに置いた。そして、隆宏の顔をあらためて見つめる。

「大好きだよ」

言った直後に照れ笑いを浮かべるのが、たまらないほど愛らしい。見るみる頬が赤くなるのがわかった。

「俺も……結衣のことが大好きだ」

隆宏も顔が熱くなってしまう。想いを告げるのは照れくさいが、これ以上ない多幸感が胸にひろがった。

結衣の髪から甘いシャンプーの香りが漂ってくる。肩をそっと抱き寄せると、早くも欲望がふくらみはじめる。しかし、結衣はヴァージンだ。いきなり押し倒すわけにはいかない。

顔を寄せて唇を重ねていく。結衣は身体を硬くしているが受け入れてくれる。舌を伸ばすと唇を割り、口のなかに侵入させた。

「ンンっ……」

結衣は驚いたのか小さく呻く。

彼女にとって、これがはじめてのディープキスだ。震える女体からとまどいが伝わってくる。隆宏は慌てることなく口内をじっくり舐めまわし、奥で縮こまっている舌をからめとった。

(俺、本当に結衣と……)

幼なじみとディープキスをしている。

あらためて考えると不思議な気がして、幼いころの楽しい思い出が次々と脳裏によみがえった。近すぎるから見えないものもある。だが、今ならはっきりわかる。誰よりも結衣のことを大切に思っていた。

「あンっ……あふンっ」

唾液ごと舌を吸いあげると、結衣は困ったように眉を八の字に歪めていく。その顔を見ていると、ますます気分が盛りあがった。

結衣の唾液はメイプルシロップのように甘くてトロトロしている。飲むほどに欲望が刺激される甘美な味わいだ。隆宏は夢中になって吸いあげては、何度も何度も彼女の味を確かめた。

舌と舌を擦り合わせることで、ふたりの唾液がまざり合ってヌルヌル滑る。結衣も遠慮がちに舌を伸ばして、隆宏の口内に忍ばせてきた。

怖々という感じだが、好奇心を抑えられないらしい。舌先が頬の内側や歯茎に這いまわってくる。さらには、お返しとばかりに隆宏の舌をからめとり、やさしく吸いあげた。

「はンンっ」

鼻にかかった声もかわいらしい。隆宏はたまらなくなり、バスローブを纏った女体を思いきり抱きしめた。

「ンンっ……苦しいよ」

結衣が唇を離して訴える。

「悪い。あんまりかわいいから、つい力が入っちゃったよ」

隆宏は慌てて力を緩めると、再びやさしく口づけした。

そして、彼女のバスローブに手をかける。腰紐をほどこうとすると、結衣がはっとした様子で身をよじった。

「電気、消して……」

消え入りそうな声でつぶやいた。

明るさが気になるらしい。隆宏はサイドテーブルのスタンドを灯《とも》すと、部屋の照明を落とした。オレンジがかった光が、部屋のなかをぼんやり照らしている。結果としてムードが高まり、欲望がふくれあがった。

押し倒したいのをこらえて、彼女の腰紐をそっと引く。バスローブの前がはらりと開き、雪のように白い肌が露になる。裸を期待していたが、しっかり純白のブラジャーとパンティを身に着けていた。

「あぁっ……」

結衣は頬を赤らめると、慌てた様子でバスローブの前をかき合わせる。

やはり肌を見られるのは恥ずかしいのだろう。そんな結衣の心境を想像すると、なおさら愛おしさがこみあげる。

「大丈夫だよ。すごくかわいいから」

できるだけやさしく声をかけて、バスローブをそっと剝ぎ取った。

ブラジャーとパンティを身に着けた女体が眩しく感じる。結衣は羞恥に身をよじり、両腕で自分の身体を抱きしめた。

「あんまり見ないで……」

小声でつぶやくが、目をそらすことはできない。隆宏は下着姿になった結衣を見つめていた。

「タカちゃんも……」

羞恥に耐えられなくなったのか、結衣は上目遣いに見つめてくる。自分だけ下着姿なので、よけいに恥ずかしいのだろう。

「わかった。俺も脱ぐよ」

隆宏は急いでバスローブを脱ぎ捨てた。

すると、すでに勃起しているペニスが剝き出しになった。バスローブを羽織るときは下着をつけないと聞いたことがある。迷ったすえ、ボクサーブリーフも穿かず、素肌に直接羽織っていたのだ。

「こ、こんなに大きいの？」

結衣が驚きの声をあげる。

生のペニスを見るのは、これがはじめてなのだろう。目を見開いて、興味津々《しんしん》といった感じで視線を這いまわらせてきた。

亀頭はパンパンに張りつめて、肉胴も野太く成長している。先端からは透明な我慢汁が溢れており、妖しげな光を放っていた。

「そんなに見るなよ。俺も恥ずかしくなってきたよ」

「やっぱり、恥ずかしいんだ」

結衣が楽しげに笑う。おかげで場の空気が和んできた。

「そりゃそうだよ。今度は結衣の番だぞ」

女体を抱き寄せると、背中に手をまわしてブラジャーのホックをはずす。カップを上にずらせば、新鮮なメロンを思わせる乳房がプルルンッとまろび出た。

「あっ……」

小さな声を漏らすが、結衣は乳房を隠そうとしない。先にペニスを見たせいか、顔をまっ赤にしながらも隆宏の視線を受けとめていた。

乳房は白くて大きく、重力に逆らうように前方に飛び出している。頂点に鎮座する乳首は鮮やかなピンクで乳輪は小さめだ。まるで自己主張するように、ツンと上を向いていた。

「なんか言ってよ」

沈黙に耐えられなくなったらしい。結衣が不安げにつぶやいた。

「き……きれいだよ」

隆宏はやっとのことで声を絞り出す。

つい見惚れてしまった。結衣の美乳を目の当たりにして、息がとまるほどの衝撃を受けていた。

ブラジャーを完全に取り去ると、今度はパンティに手を伸ばす。ウエスト部分に指をかけて、じりじりと引きさげにかかる。

「あぁっ……」

結衣の唇から微かな声が溢れ出す。

顔をまっ赤にして、くびれた腰をよじらせる。そんな仕草がかわいくも色っぽくて、ますます欲望が加速する。やがてパンティの縁から、ぷっくりと肉厚の恥丘が見えてきた。

陰毛が薄いため、白い地肌が透けている。縦に走る溝まで見えており、牡の欲望が刺激された。

「やだ、見ないで……恥ずかしいよ」

内腿をぴったり閉じると、手のひらで股間を覆い隠す。そして、耐えられないとばかりに首を左右に振りたくった。

「だ、大丈夫……大丈夫だよ」

また結衣が不安がると思って口を開く。だが、興奮のあまり、自分でもなにを言っているのかわからない。頭のなかがカッと熱くなり、ペニスがますます硬く大きくそそり勃った。

「横になろうか」

パンティを足から抜き取ると、緊張している結衣をベッドに導いた。

仰向けになった結衣の裸体に寄りそった。体を密着させると、勃起したペニスが彼女の腰に触れる。硬さに驚いたのか、女体がピクンッと反応した。

「な、なんか、当たってるよ」

結衣の声には不安と好奇心が入りまじっている。ペニスを見るのがはじめてなら、当然、触れるのもはじめてだろう。

「どうして、こんなに硬いの？」

「それは……結衣のことが大好きだからだよ」

悩んだすえに答えを絞り出す。そして、乳房に手を伸ばすと、慎重にやさしく揉みあげた。

「結衣は柔らかいね」

今にも溶け出しそうなほど儚《はかな》い感触だ。それでいながら指を押し返してくる弾力もある。ゆったり揉みあげて、先端で揺れる乳首をそっと摘まみあげた。

「あンっ……」

結衣の唇から小さな声が漏れる。

すぐに照れ笑いを浮かべるが、いやがる素振りはいっさいない。すべて受け入れてくれるのがうれしかった。

「わたしも……触ってみたい」

やはり結衣は好奇心旺盛だ。恐るおそる手を伸ばすと、指先で亀頭の先端をちょんと触った。さらには太幹部分に指を巻きつけてきた。

「うっ……」

甘い痺れがひろがり、思わず声が漏れてしまう。すると、彼女は慌ててペニスから手を離した。

「痛かった？」

「ううん、大丈夫だよ。気持ちよかったんだ」

隆宏が答えると、結衣は再び太幹を握ってくる。今度は硬さを確かめるように、ニギニギと軽く力をこめた。

「すごい……こんなに硬いんだね」

「う、うん……」

やさしく握られることで、興奮と快感がふくれあがる。隆宏も片手を彼女の股間に伸ばしていく。手のひらで恥丘を撫でまわし、陰毛の感触を楽しみながら、中指を内腿の間に潜りこませた。

「あっ、そ、そこは……」

結衣は身体を震わせて、小さな声を漏らす。指先が陰唇に触れたことで、腰がビクンッと跳ねあがった。

慎重に二枚の陰唇を交互に撫であげる。女性の身体のなかでも、とくに柔らかい部分だ。力を入れると壊れそうで、表面に触れるか触れないかのタッチを心がける。結衣は目を閉じて、されるがままになっていた。

陰唇をじっくり撫でつづける。すると、女陰の合わせ目が湿ってきた。潤いがどんどんひろがり、やがてヌルヌルと滑るまでになった。

「はンンっ」

いつしか、結衣の唇が半開きになっている。呼吸が乱れており、眉がせつなげな八の字にたわんでいた。

(そろそろ……)

割れ目は愛蜜でぐっしょり濡れている。隆宏も経験は多くはないが、準備が整ったのではないか。

女体に覆いかぶさり、膝を左右に押し開く。スタンドの淡い光が股間に届き、鮮やかなピンクの陰唇が露になった。たっぷりの愛蜜で濡れており、甘酸っぱい香りが漂ってきた。

「タ、タカちゃん……」

結衣が濡れた瞳で見あげてくる。

羞恥と不安が渦巻いているに違いない。弱々しい表情を見せられて、隆宏のなかで庇護欲がふくれあがった。

「結衣……力を抜いて」

安心させるように語りかけると、亀頭の先端を女陰に押し当てる。軽く上下に動かせば、特に柔らかい部分を発見した。そこが膣口に間違いない。

「いくよ」

結衣が小さくうなずくのを確認して、ペニスをゆっくり押しこんでいく。すぐに亀頭が硬い部分にぶつかった。どうやら処女膜らしい。軽く圧迫すると、女体が力んで仰け反った。

「あうっ……」

苦しげな声が聞こえて、隆宏は動きをとめた。

「さ、最後まで……お願い……」

結衣もひとつになることを望んでいる。ふたりの想いはひとつだとわかり、隆宏は彼女の瞳を見つめてうなずいた。

挿入を再開するが、処女膜は想像以上に硬い。結衣は衝撃に耐えるように両目を強く閉じている。ここまで来たら途中でやめるつもりはない。一刻も早くひとつになりたかった。

少し力をこめて、ペニスをグッと押しこんだ。

「あああッ！」

処女膜の破れる感触があり、亀頭が一気に奥まで入りこむ。結衣が大きな声をあげて、裸体がブリッジしそうなほど反り返る。膣口が猛烈に締まり、太幹をギリギリと締めつけた。

(は、入った……結衣とセックスしてるんだ)

かつてない感動がこみあげる。これで身も心もひとつになったのだ。ペニスに感じる締めつけが、悦《よろこ》びへと変わっていく。

すぐに腰を振りたいところだが、結衣はロストヴァージンの直後だ。ここは女体を労《いたわ》らなければならない。隆宏は上半身を倒して覆いかぶさると、彼女の頭をそっと撫でた。

「今日は、ここまでにしておこうか」

「だ、大丈夫……ちゃんと最後まで、したいの」

結衣の声はかすれている。それでも、希望をしっかり伝えてきた。

最後までセックスすることで、ふたりの想いは本当にひとつになる。すべて語らなくても、彼女の考えていることがはっきりわかった。

まずはペニスと膣をなじませる。深く挿入しただけで動かさず、ふたりは口づけを交わした。舌を絡ませて唾液を交換することで、気分がさらに高まっていく。結衣も積極的に応じてくれたのがうれしかった。

「ゆっくり動かすよ」

慎重に腰を引いて、ペニスをじりじり後退させる。大量の愛蜜と我慢汁で潤っているが、それでも締まりは強烈だ。再び慎重に押しこめば、またしても女体が大きく仰け反った。

「はンンっ」

「痛い？」

「そ、そうでもない……大丈夫かも」

無理をしている様子はない。ロストヴァージンの痛みは人によってさまざまだと聞いたことがある。結衣の場合は軽いほうなのかもしれない。

とにかく、スローペースのピストンを心がける。何度もキスをしながら、ひとつになった悦びを噛みしめた。心がつながっているせいか、ゆったりした動きでも快感は爆発的に大きくなる。

「くうッ、す、すごい……」

「あっ……あっ……」

結衣も感じはじめたのかもしれない。切れぎれの喘ぎ声を漏らして、腰をかすかによじらせた。

「ゆ、結衣っ、ううぅッ」

ペニスが一往復するたび、絶頂の大波が迫ってくる。隆宏は奥歯を食いしばり、快感に耐えながらスローペースで腰を振りつづけた。

「あンンっ、な、なんか……ヘンな感じ」

はじめての感覚にとまどっているのだろう。結衣が困惑の声を漏らして、見つめてくる。

「大丈夫だよ。身をまかせて……くううッ」

隆宏も余裕がなくなり、少しずつピストンが速くなってしまう。とたんに膣が猛烈に締めつけてきた。

「はああッ、な、なんか来ちゃうっ」

「ううッ、き、気持ちいいっ」

「わ、わたしも……あああッ」

結衣の喘ぎ声が引き金となり、ついに最後の瞬間が訪れる。愉悦の大波が轟音を響かせて押し寄せた。あっという間にふたりを呑みこみ、頭のなかがまっ白になるほどの快感がひろがった。

「うううッ、ゆ、結衣っ、で、出るっ、くうううううううッ！」

女体を抱きしめると、奥深くで精液を放出する。締まりが強いせいか、射精の勢いが強くなり、快感はより大きくなった。

「あああッ、タ、タカちゃんっ、ああッ、はああああああああッ！」

結衣も歓喜の涙を流しながら、喘ぎ声をほとばしらせる。女体に痙攣が走り、下腹部が艶めかしく波打った。

愛する人とのセックスが、これほど気持ちいいものとは知らなかった。絶頂しながら口づけを交わせば、さらに快感が大きくなる。

もう二度と離さない。嬉し泣きする結衣を抱きしめて、絶対、幸せにすると心から誓った。


（了）

＊本作品はフィクションです。作品内の人名、地名、団体名等は実在のものとは関係ありません。

長編小説

とろめきクルーズ船《せん》

葉月奏太《はづきそうた》

2021年10月11日　初版第一刷発行

ブックデザイン……………………　橋元浩明(sowhat.Inc.)

発行人……………………………………………後藤明信
発行所…………………………………株式会社竹書房
〒102-0075　東京都千代田区三番町8－1
三番町東急ビル6F
email：info@takeshobo.co.jp
http://www.takeshobo.co.jp
印刷・製本………………………中央精版印刷株式会社